ぼくんちの宗教戦争!

早見和真

幻冬舎文庫

――すべて神の御霊《みたま》に導かれている者は、すなわち、神の子である。

（ローマ人への手紙・8章14節）

——世界中の神さまたちに告ぐ。　クソ食らえ！

〈横浜市旭区在住・ナポレオン（11）〉

ぼくんちの宗教戦争！

1

「あーら、めずらしいこと。今日は一人で起きたの？」と、母はメガネ越しに細い目をパチクリさせて、窓の方を向いた。

「こんなにいい天気なのに、イヤね。雨でも降るのかなー」

布団から母の視線の先を追いかける。新学期の空には雲一つなく、突き抜けそうなほど真っ青だ。

「雨なんか降るわけないだろ。うるさいな。これからは一人で起きるって言ったじゃん」

「どうだか。あなた学年が上がるたびにそんなこと言ってるもん」

「だからうるさいって。お腹減った。ご飯食べるよ」

「はいはい、とっくにできてるわよ。早く下りてらっしゃい」

春休みに買ってもらったブルーのカーディガンを羽織り、クタクタになったランドセルを背負って、一階に駆け下りる。ダイニングでは〈広田《ひろた》捺染《なっせん》〉というロゴが入った作業着を着て、父がテレビを眺めていた。

「ったく、どうなっちまってるんだよ。この国の政治家は。俺の一票返せっていうんだよな」

　中高年の再就職難というニュースにケチくさい愚痴《ぐち》をこぼす父を無視して、勝手にチャンネルを替えた。以前は朝のチャンネル争いが家族の恒例行事だったけれど、二つ下の妹のミツコが味方に加わってくれたおかげで、ひとまず我が家の朝は民放に落ち着いた。〈今日の占い〉を見ないとどうも一日が始まらない。

「そういえばミツコは？」と、ぼくは食卓のソーセージをつまみながら尋ねた。

「なんかずいぶん早くに出てったわよ。ユミちゃんも七時には迎えにきてた」と、湯気の立つみそ汁を運びながら母が応《こた》える。

「そうか。あいつクラス替えだもんね」

「あなたもでしょ。早く行った方がいいんじゃないの」

「わかってるよ。そのために早起きしたんだから」

「五分だけね」

「うっさいな」

　文句を言いながら、ぼくは自分でよそった二杯目のご飯にゴマ塩を振りかけた。最近はどういうわけかお腹が減って仕方がない。サッカーや勉強のあとはもちろん、どうも「ご飯を食べる」という行為にでもお腹が減っている気がしてならない。

そのせいか最近は目に見えて身長が伸びている。去年は朝礼の並び順が一番前から真ん中くらいまで躍進《やくしん》した。小さい頃からの「チビ」系のニックネームは、気づいたときには消えていた。かれこれ半年ほど名字で呼ばれる日が続いている。誇らしいと思う反面、さみしい気持ちもなくはない。

肉そぼろの残り汁で三杯目のご飯を平らげたとき、チャイムが鳴った。「ちび太ー！　学校行くぞー！」と、唯一いまもあだ名でぼくを呼ぶ龍之介《りゅうのすけ》の声が、はつらつと家の中に響く。

母が手についたご飯粒を口に入れながら、先に玄関に向かった。

「龍ちゃん、おはよう。どう、受験勉強がんばってる？」

「ほーら、やっぱり偉いわよね。あの子にもっと緊張感持つように言ってちょうだい」

「龍ちゃんだったらどこの中学校でもドンと来いでしょ？　すごいわねぇ。うちのは何を考えてるのかしらね」

玄関先でのやり取りは母の声しか聞こえてこない。きっと龍之介は例によって大人びた笑みを浮かべ、如才《じょさい》なく受け流しているのだろう。

ちなみに「如才ない」とは、龍之介を評する大人たちの会話で覚えた言葉だ。正確な意味はわからないけど、龍之介のようだと考えれば理解できる。

ぼくは残っていたみそ汁を一気にすすって、席を立った。「おい、獅子座《しし ざ》だぞ」と、父の低い声が追ってくる。

ボンヤリとテレビに目を向けた。〈12位〉というテロップが視界に飛び込んできて、女のアナウンサーの媚《こ》びるような声があとに続いた。

「ごめんなさーい。今日の最下位は獅子座のあなた。でも、大丈夫。獅子座のラッキーアイテムは赤い洋服です！　それでは、今日も元気に行ってらっしゃい！」

元気に行ってこようとした矢先に、出鼻をくじかれた。ぼくはなんとなく着ている青いカーディガンに目を落とす。上大岡《かみおおおか》に住むおばあちゃんと二人で行った横浜のそごうで、おばあちゃんは最後まで「お前は赤が似合うのに」と言っていた。

なんとなく「赤は女の子みたいだからイヤだ」と口にすることができず、でもやっぱり赤は女の子みたいだからイヤで、ぼくは青を譲らなかった。あの日のおばあちゃんのさびしげな表情がよみがえる。

モヤモヤとした気持ちを押し殺して、精一杯の恨みを込めて父に視線を向けた。わざわざ最下位の占いを見せる必要はないはずなのに。

「ああ、征人《まさと》。ちなみにな……。本当にちなみになんだけど、蟹座《かにざ》は一位だったぞ。んふふ」

七月生まれの父の自慢げな表情にあらためてカチンとくるが、玄関先から弱り切った龍之介の笑い声が聞こえてきて、無視することにした。

「じゃ、行ってくるね！　とりあえず早く新聞替えてよ！」

父は読んでいた新聞を怪訝《けげん》そうにひっくり返し、一面の『毎朝新聞』という字を見つめた。新聞を『東都新聞』に替えてほしいというお願いは、いまに始まったことではない。もう半年近く前から頼み続けてきたことだ。

世の中の新聞離れがウソのように、学校ではいま空前の四コママンガブームが起きている。そして春休みに突入する直前に、ついに『東都新聞』の「マタタギ君」がみんなの話題の中心に躍り出た。

あるときまで必死に張り合っていた『毎朝新聞』の四コママンガ、「トビウオ一平」派の面々は、いまやすっかり肩身の狭い思いをさせられているのである。

龍之介と並んで玄関を出ると、ジンチョウゲの香りが鼻をついた。空気は澄んでいるのに、朝方の羽毛布団のように暖かい。

西側に拓《ひら》けた街の向こうに、頭に雪をかぶった富士山が見えた。どこか浮き足立つような、新しい何かがいまにも動き出しそうな……。ぼくたちの大好きな季節がやってきた。

「なぁ、ちび太。お前また背伸びた？」

学校に向かう坂を下っている途中、龍之介が矛盾したことを尋ねてきた。ぼくは自慢げに鼻をすする。

「自分じゃよくわからないけどな。そう思うならその呼び方やめろって」

「だってさぁ。他にいいあだ名があればいいんだけど」

「べつに名前で呼べばいいじゃん」

龍之介は大人びた笑みを浮かべるだけで、「ところで春休みって何かした？」と話題を変える。

「とくに何も。春期講習通ってたし」

「へぇ、そうなんだ。どこ？」

「それがわざわざ新横浜まで行かされたんだぜ。授業がホントちんぷんかんぷんでさ。全然意味なかったよ」

春期講習のことを思うと、いまでも鼻血が出そうなくらい顔が熱くなる。友だちが一人もいない教室で、何度先生に叱られたかわからない。

龍之介は同情するように首をすくめたが、すぐに瞳を輝かせた。

「俺はずっと小津《おづ》を観てたんだ」

「オヅ？」

「うん。小津安二郎《やすじろう》。スゲーぞ。あれは近未来SFだ。なんで小津はあの時代に来《き》るべき日本の絶望を描くことができたんだろうな。役者陣の演技も超良くてさ。笠智衆《りゅうちしゅう》なんて、思い出すだけで泣けてくるよ」

そう切り出して始まった龍之介の〝小津論〟は、「俺は、実は円楽《えんらく》さんこそ現代の笠智衆を担える人材だと睨《にら》んでるんだけどな」というあまりにナゾな言葉に至るまで、優に五分以上にわたって続いた。

二人の大学生の兄を持つ龍之介は、昔からぼくの知らないことをたくさん知っている。龍之介に教えてもらった古い映画は『グーニーズ』も『セブン』も『キングコング』もすごくワクワクするもので、ずっと心に残っている。

だから小津だっておもしろいに違いないと、オススメの映画を聞いてみれば、当然のように『秋刀魚《さんま》の味』なんてタイトルが出てきて驚いた。「近未来SF」という単語から「サンマ」は連想しようがない。

ニンマリと笑う龍之介とは、まだ幼稚園のとき、ぼくたち家族が〈サニータウン〉に引っ越してきて以来のつき合いだ。みんなの輪の中心に立ち、当時からリーダー格に納まっていた龍之介は、はじめて会ったその日に「ちび太、仲良くしような」と握手を求めてきてくれた。自分がチビなどと思っていなかったぼくは少し驚いたものの、すぐに輪に溶け込めてホッとしたのを覚えている。

　小学校に入学して一、二年と同じクラスで、三年生からは違うクラスにわかれたけれど、親友づき合いはその後も続いている。ぼくたちの今日のクラス替えにかける思いはひときわ強い。確率は三分の一だ。

「あーあ、いつも思うけど、ちび太の家族っていいよなぁ」

　そんなことを口にする龍之介とまた同じクラスになれたら、絶対に楽しい最後の二年が待っている。

「なんでだよ。べつに普通の家族じゃん」

「普通がいいんだって。普通が一番尊いんだ」

「はあ？　なんだよ、それ。そんなのいいから早く行こうぜ」

　ケラケラと笑う龍之介がぼくの肩に手を置いて、ぼくたちはどちらからともなく走り出した。

　学校が近づくにつれて、にぎやかな声がかたまりになって聞こえてきた。ぼくたちの通う横浜市立笹原《ささはら》小学校は、丘の中腹《ちゅうふく》に沿うようにして建っている。東町《ひがしちょう》の丘の上に造成された

〈サニータウン〉に住むグループと、丘下の西町《にしちょう》のグループとを吸収するように受け入れる。

以前はまったく気にしなかったけれど、両者の間には明確な差があるらしい。四年生になった頃から急に大人び始めた女子たちが「サニータウンの子はいいよね。空気が違うよ」などと噂《うわさ》していたのを聞いたことがある。

もっとも、そういう女子たちに「笹原ヒルズ」などと持ち上げられ、町内では目立つニュータウンであったとしても、ひとたび塾に通い、少し世界が広がっただけで、「潮の香りの漂わない横浜」などとバカにされていることをぼくは知った。交通の便が悪いことから「横浜のチベット」と呼ばれたりもしているそうだ。

たしかに西町の方には大規模な工場群や、不良や外国人が集まるゲームセンター、何よりも悪名高い巨大な笹原団地があったりはするけれど、サニータウンから眺める富士山は自慢したくなるほど美しい。

できれば中学校も地元の学校に通いたいし、みんなと友だちでい続けたい。いつから私立を受験するのが当たり前になったのだろう。「龍ちゃんだって受けるじゃない」という母の一言は、振り返れば効果的なものだった。だからといって同じ中学校に行けるわけじゃないのだと、そのときのぼくは気づけなかった。

ぼくたちの前を、新一年生の子たちが列をなして歩いている。赤、青、ピンクと、色とりどりのランドセルを背負い、みんなそろって緊張した表情を浮かべている。真新しい革の匂いが鼻をくすぐる。

龍之介と目配せして、いつも使っている東門を無視し、わざわざ一度坂を下って、正門の方をくぐった。この季節にだけ存在感を示す桜並木の階段を駆け上がると、さらに色鮮やかなピンクの花びらが校庭を囲むように揺れていた。

新しいクラス割りは玄関の脇に張り出されている。遠くから悲鳴とも歓声ともつかない声が聞こえ、みんなの背中が躍っている。たくさんのドラマがあの輪の中で起きているに違いない。

ぼくたちはダッシュで校庭を横切った。割り込むようにして輪の中に頭を突っ込み、〈五年一組〉の名簿から追っていく。まず自分の名を見つけ、すぐに龍之介の名前を探した。同じクラスの中、自分の十人ほどあとに〈中島《なかじま》龍之介〉の文字を見つけ出した。何かを感じるより先に振り返る。

龍之介はすでに両手を高く上げていた。僕も腕を振り上げる。パチンという小気味好い音が輪の中で弾《はじ》けたとき、占いなんてクソくらえだ！　と、僕は心の中で大声で叫んだ。

龍之介と肩を組んで教室に向かう前に、ぼくは三年生のクラス割りも確認した。ミッコの名前は〈一組〉にあって、仲の良いユミちゃんの名前は〈三組〉だ。

元日に家族で行った初詣《はつもうで》のとき、ミッコが早々に「ユミちゃんとまた同じクラスになれますように！」と、長々と手を合わせていたのを知っている。教室で泣いたりしていなければいいのだけれど。

とりあえず今晩の食卓は大荒れになるだろう。

三階の角に位置する新しい教室には、浮ついた明るさと緊張感が入り乱れていた。龍之介に限らず、一組は学年でも目立つ人間が多くいた。運動会のリレーで毎年ヒーローになる松《まつ》ちゃんに、不良の中学生にケンカで勝ったことがあるという愛川《あいかわ》くん、昔のマンガのように分厚いレンズのメガネをかけているオガちゃんなんかもいる。

女子だって負けていない。先生たちには気づかれていないけれど、女子のリーダーで、裏でシカトを先導する相澤《あいざわ》と、中学生の「カレシ」がいるという噂のある酒井《さかい》の二人は、早速キラキラにデコレーションされた新しいスマホを見せ合っている。

その二人のもとに、わざわざ他のクラスからも女子たちが集まっている。「いいな、相澤さんたちのクラス。男子もカッコいいし」と、去年まで同じクラスだった田中《たなか》という女子が媚びるように息を吐く。

「そう？」と、相澤が勝ち誇ったように教室を見渡すと、田中はたたみかけるようにこんなことを口にした。

「先生だって新しい人が来るんでしょ？　まだ二十五歳だって。うちのお母さんは若い先生はダメなんて言うけど、うらやましいよ。うちらなんて耳毛の時田《ときた》だよ。最悪だよ」

どうやら田中家では新しい先生が来ることがすでに話題になっていたようだ。兄姉《きょうだい》がいる友人たちはどういうわけか情報が早い。それは、つまりはミッコにとってのぼくである。いつか価値のある情報を妹にもたらせられたらいいのだけれど。

始業のチャイムとともに、男の先生が入ってきた。自信がみなぎった顔をした人だ。身長も百八十センチ近くあるだろうか。前髪をツンと立てていて、胸を張った立ち居振る舞いも絵になっている。

みんなの顔をぐるりと見回して、先生は黒板に自分の名前を書き出した。

〈庄司拓巳〉

コツコツというチョークの音が止《や》み、教室内が静けさに覆われたとき、先生ははじめて微笑《ほほえ》んだ。

「今年から笹原小に赴任してきました、庄司拓巳《しょうじたくみ》です。前の学校では〝拓巳先生〟と呼ばれていました。この学校ではみんなの方がずっと先輩なので、いろいろ教えてください。それと、まだまだ半人前の先生です。もしダメなところがあっても、お母さんたちに告げ口は禁止だからな。約束だぞ」

　一瞬の間があったあと、教室に笑いが爆発した。いつも明るい松ちゃんたちが率先して囃《はや》し立て、普段はクールな龍之介も笑っている。

　先生は満足そうに目を細めたあと、出席簿を取り出した。それを制するように、今度は相澤が手を挙げる。

「拓巳先生〜。出席の前にもっと先生のこと教えてくださ〜い！」

　すぐに取り巻きの女子たちが拍手した。先生は弱ったように首をすくめ、しばらくすると諦《あきら》めたように出席簿を閉じた。

「う〜ん、先生のことっていってもなぁ。何を話したらいいものか。よし、わかった。じゃあいまから五分間だけ質問を受けつける。可能な限りなんでも答えるから、まず自分の名前を言ってから、質問してください」

　こうなると途端に子どもたちの方が勢いを失う。「お前、なんか質問しろよ」「ヤダよ。お前行けって」とこそこそ話がそこかしこで聞こえてきたが、ここでもやはり松ちゃんが先陣を切って手を挙げた。

「松原清人《まつばらきよと》です！」

「おっ、元気がいいな。松原の名前は覚えたぞ」

拓巳先生がニコリと笑う。

「先生は何かスポーツってしてましたか」

「スポーツかぁ……。高校までは野球をやってたな。都大会で甲子園まであと一歩というところまで行ったんだぞ。先生は補欠だったけどな」

ここでも大きな笑いが巻き起こると、緊張から解き放たれたように、みんなの手が次々と挙がった。彼女はいるのか？　家族構成は？　どうして先生になったのか？　好きな女の人のタイプは？　答えなくても良さそうな質問にも、拓巳先生は本当に一つ一つ丁寧に答えていった。

ただ、メガネのオガちゃんが「出身の大学はどこですか？」と尋ねたときだけ、先生は少しムッとしたというか、意外そうな表情を浮かべた。

「その質問はちょっとデリカシーに欠けるかもな。学歴や年収なんかは気にする人も多いから、あまり人前で聞くもんじゃない」

もっとも、このときもすぐに「ごめんなぁ、小川《おがわ》。先生が東大出身だったらこんなこと言わずに済んだんだけどさぁ」とおどけたように続け、みんなの笑いを誘い、顔を赤くしていたオガちゃんに安堵《あんど》の息を吐かせた。

大反響の質問タイムをちょうど五分で打ち切ると、先生はようやく出席を取り始めた。愛川、相澤、井上《いのうえ》……と、すらすらと名前を呼び上げていったが、ぼくの順番が来たところで流れが止まった。先生は突然口を閉じて、なぜか難しそうに首をひねる。

「ええと、ウマガミ……？　これは〝ウマガミ〟でいいのか？」

ぼくにとっては慣れっこの質問だった。「先生、ウマウエです！」と、代わりに龍之介が正確な読み方を言ってくれる。

先生の顔にじわじわと笑みが広がった。その切れ長の瞳がゆっくりとぼくに向けられる。

「へぇ、すごい……。お前、馬上《うまうえ》征人っていうのか」

「は、はい」

「カッコいい名前だな。馬の上から、人を征す。で、馬上征人。みんなから〝ナポレオン〟って呼ばれたりしてないか？」

ぼくにはよく意味がわからなくて、みんなも同様のようだった。お調子者の新川《しんかわ》くんによって図書室から画集が持ち込まれたのは、朝の会からわずか十分後のことだ。

その絵はすぐに見つかった。馬に乗ったナポレオン・ボナパルトが、悠然とぼくを見上げている。そこには『アルプスを越えるナポレオン』というタイトルが記されていた。ぼくを囲む新しいクラスメイトが大きな笑い声を上げている。

拓巳先生のおかげというべきか、せいなのか。いずれにしても、ぼくは半年ぶりにニックネームをつけられた。

「というわけで、俺も今日から〝ナポレオン〟って呼ぶことにするよ」と、龍之介が茶化すように言ってくる。ぼくはあらためて『アルプスを越えるナポレオン』に目を向けた。

　これまで名前くらいしか知らなかった歴史上の人物が、途端に身近に思えて不思議だった。


　校庭に全校児童が集められ、校長先生の長い話が続いていた。「校長のやつ、絶対に春休み前より髪の毛増えたよな？」と、一つ前の龍之介が小声で問いかけてくる。

　身長順の並びで、ぼくはついに龍之介を追い抜いた。去年の今日は一番前だったことを思えば、ちょっと伸びすぎな気がしないでもない。

　校長先生の話が始まって五分ほど過ぎたところで、低学年の子たちの頭が揺れ始めた。十分が過ぎるとほとんどの子どもが集中力を失った。

　あれほど青く澄み渡っていた空が、長い話がようやく終わった頃にはうっすらとにごっていた。それからさらに保健の先生や風紀委員の話などが続き、朝礼が終わった頃には空は完全に重い雲に覆われていた。

　教室に戻るとすぐに席替えが行われて、ぼくは窓際のうしろから二番目という場所を引き当てた。そこはうしろが龍之介で、となりがずっと憧れていた井上香《かおり》さんという最高の席だった。身体の奥底から勇気を絞って「よろしく」と声をかけたが、井上さんは軽く微笑んだだけで、背後から龍之介にちょっかいを出された。

拓巳先生が一年間の予定を話しているとき、ついにポツポツと雨粒が落ちてきた。ぼくは外の景色を見つめながら、どこかに置き傘があっただろうかとボンヤリ考えていた。異変があったのは、そのときだ。

『ええ、五年一組、馬上くん。五年一組、馬上くん。至急、職員室に来なさい。繰り返す――』

教室内に立ち込めた沈黙のあと、拓巳先生の目がこっちを向いた。

「これってナポレオンのことだよな？」

ぼくがこくりとうなずいた直後、さらにアナウンスが続いた。

『引き続き、三年一組、馬上さん。馬上さん。至急、職員室まで来るように』

職員室の戸をノックして開けると、中にいる先生たちがいっせいにぼくを見た。部屋の温度が一瞬にして上がるのを感じる。見慣れない男の先生が小走りで近寄ってきた。

「馬上くんか？」

先ほどの校内放送と同じ声だった。やはりこの春に赴任してきたという教頭先生は、他の誰よりも顔を青くさせている。

「いま君のお母さまと電話がつながってるところだ。急いで出なさい」

状況を把握できないまま受話器を取った。「もしもし？」と言い切るより先に、あわてた母の声が耳を打った。

『ああ、征人。ごめん、ごめんね。大変なの。お父さんが――』

母は一人でまくし立てる。取引先から車で工場に直行しようとしていた父が、事故に巻き込まれた。雨が降り始めた見通しの悪い交差点で、相手の信号無視が原因だった。電話してきた社長の声がひどく切迫していた。自分もパート先から急いで病院に向かっている……。

話を聞いている間にミッコがやってきて、不安げにぼくを見ていた。ぼくはその頭に手を置いて、一番聞きたかったことを尋ねた。

「それで、お母さん。お父さんは平気なの？」

母は息をのみ、すぐに『ごめんね』と続けた。いつもは優しい母だけれど、想像を超えた出来事に直面すると混乱してしゃべり続ける。悪いクセだ。

『右ひざの骨が折れていて、いまも手術をしてるって。とりあえず命がどうこうっていうわけじゃないって社長さんは言うんだけど』

「そう。なら良かった」

緊張した声とは裏腹に、なんとなくそんな気はしていた。最悪の状況だったとしたら、母の取り乱し方がこの程度で済むはずがないからだ。

病院名と、水筒や果物ナイフなど家から持っていくものをメモしながら、大丈夫だよ、とぼくはあらためてミッコにうなずきかける。

「じゃあ、ぼくたちも急いで病院に向かうから」

『お母さん、これから一度そっちに迎えに行こうか？』

「ううん、早くお父さんのとこ行ってあげて。ぼくもミッコを連れてすぐに行く」

『でも、まだ小学生なのに』

「大丈夫だよ。もう五年生なんだから。電車くらい乗れる。戸棚の一万円持っていくね。どうしようもなくなったらタクシー乗る」

『あなた、しっかりしたことを言うようになったわね』

「ちょっと、いまはやめてよ。そんな話」

ぼくは強引に話を打ち切り、受話器を置いた。家から電車で一時間ほどかかる上大岡のおばあちゃんの家には何度も一人で行っている。親には内緒で、龍之介とみなとみらいの映画館に行ったこともある。病院くらい一人でも行ける。

ぼくは先に帰り支度を整えたミッコを連れて、一度教室に戻った。すでにがらんとしていたけれど、龍之介とオガちゃんが戻るのを待っていてくれた。

「何があった？」

尋ねてきた龍之介にぼくはありのままを説明する。その間にオガちゃんがスマートフォンで病院までのルートを調べてくれた。

「俺たちもついてってやる」

当然のように龍之介が口にすると、ミッコの顔が明るくなった。基本的に人見知りで、ぼくの友だちには寄りつかないけれど、龍之介にだけは昔からなついている。

ぼくにとっても心強い申し出だったので「ありがとう」と言いかけた。そのとき、拓巳先生が血相を変えて教室に飛び込んできた。

「ああ、やっと見つけた。ナポレオン。まだいたな」

ニックネームの意味も、拓巳先生のことも知らないミッコが、ぼくの陰になるように身を小さくする。

「あの、妹の美貴子です」と、ぼくがミッコの肩に手を置いて紹介すると、先生は先を急ぐようにうなずいた。

「話は聞いた。先生が二人を車で病院まで送っていく。すぐに準備しろ」

「え、でも……。龍之介たちが……」

「バカ！　そんなこと言ってる場合じゃないだろう。この雨の中、万が一大切な子どもまで事故に遭ったらどうするんだ。いいから早く準備しろ」

龍之介が「夜に電話しろよ」と拳《こぶし》を突き出してきた。その笑顔に背中を押されて、ぼくは素直に先生の言葉に甘えられた。

子ども思いで、優しくて、頼りがいがあって、若々しい。小さい頃から、ぼくはお兄ちゃんがほしかった。家庭に問題は多いらしいけれど、二人の兄からいろいろ教わる龍之介がずっとうらやましいと思っていた。

本当にいい先生が担任になったのだと、ぼくは場違いにもそんなことを思った。

バックミラーに不思議な形のキーホルダーがぶら下がっている。赤い星を白と青色の星が縁取った、どこかの国の旗のようなものだ。

見たことのあるマークだなと思っていると、ミラー越しに拓巳先生と目が合った。

「なぁ、征人。お前、本当は〝ナポレオン〟なんてイヤじゃなかったか？　もしお前がイヤだったら、先生、明日ちゃんとみんなに謝って、そう呼ばせないようにするけど」

心から申し訳なさそうな声に、ぼくは無言で首を振る。ミッコと二人シートベルトをさせられた後部座席で、ずっと気恥ずかしさを感じていた。

拓巳先生に限らず、学校の先生の車に乗るなんてはじめてだ。密室になった途端、ぼくはうまく話せなくなった。先生は気にする素振りを見せず、再びフロントガラスに目を向け、なぜか感心したように口を開く。

「この辺りがサニータウンか。名前は聞いてたけど、たしかに雰囲気のいい街だな。先生の住んでる大戸町《おおとちょう》とは大違いだ」

声に釣られて、ぼくも窓の外に目を向ける。秋になると黄色く染まるイチョウの木々が坂の両脇に並んでいる。同じ形、同じ背丈の赤い屋根が、規則正しく列をなす。富士山を一望できた今朝とは違い、雨に打たれる街は寒々しく、ひどく人工的に見えた。

車はゆっくりと街の周回道路に入っていった。家の裏手に停めてくれるようお願いして、ミッコを車に残し、ぼくは母に頼まれたものを取るために家に戻る。

何事にもきっちりしている母は、毎日の掃除も整理整頓も妥協しない。頼まれた水筒も、果物ナイフも言われた場所ですぐに見つかった。

ふと横目にしたテレビのモニターに、自分の姿が映っている。今朝の占い、〈12位〉だった獅子座、ラッキーアイテムは赤い服……と、アナウンサーの声がよみがえって、ぼくは青いカーディガンから丸首の赤いセーターに着替えて、再び車に乗り込んだ。

病院までは二十分ほどの距離だった。その道中、ミッコは緊張からずっと顔を強《こわ》ばらせていた。

「お父さんはきっと大丈夫だ。でもな、ナポレオン。それに美貴子ちゃんも。何かつらいことがあったらなんでも先生に相談しろよ。絶対に抱え込んじゃダメだからな」

先生は最後までぼくたちを励まし続けてくれた。差し出された右手を自然とつかむ。そのゴツゴツとした手のひらは温かく、少しだけ汗ばんでいた。

指示された三階の病室に飛び込むと、不安だったぼくたちを小馬鹿にするように、高笑いする父の声が聞こえてきた。

「だから平気だって言ってるでしょう。そんな大げさにしないでくださいよ」

がさつで、人の神経を逆なでする笑い声。安心したのだろう、ミッコが目を潤ませる。顔に包帯が巻かれ、派手に右足を吊ってはいたけれど、こんなに心配していたのにと、ぼくもたまらずムッとした。

父が話しているのは、勤めている広田捺染の社長さんだ。目が細く、出っ歯で、ずる賢そうな容貌《ようぼう》が昔から苦手だった。いつもはぼくと一緒になって悪口を言っているくせに、母は社長さんのためにかいがいしく動いている。

「お、征人に、ミッコか。二人とも大きくなったなぁ。元気にしてたか？」

社長さんは品なく笑い立て、犬にするようにぼくの頭をなで回した。以前は顔を合わせるたびにお小遣いをくれたものだ。だからこそいろんなことを我慢していたのに、あるときからそれもピタリとなくなった。会社の景気が悪いらしい。

うらみがましいぼくたちの視線に気づかず、社長さんはそれから一時間も居座って、ようやく重い腰を上げた。

父が深々と息を吐いた。

「ねぇ、社長。例の件、本当に大丈夫なんでしょうね？」

社長さんは驚いたように目をしばたたかせたものの、すぐに下品な笑みを取り戻した。

「だからそのことは心配すんな。工場も残ったメンバーで回していく。とにかくいまは足を治すことに専念しろ。たまには奥さんに甘えるのもいいだろう」

人一倍騒々《そうぞう》しい社長さんが去っていくと、病室に静けさが訪れた。それを母が必死に振り払おうとする。

「二人ともどうだった？　新しいクラスは」

ミッコが小さく首を振った。

「そんなことより大丈夫なの？　お父さん」

ミッコはそのまま父の身体にしなだれた。痛みで顔をしかめたくせに、父は懸命に笑顔を取り繕う。

「大丈夫だ、ミッコ。ごめんな。征人も、お母さんも。手術はうまくいったって。少し休んで、すぐにまた元気になるから。そしたらまた遊ぼうな」

父はいつだってそうなのだ。弱いところを絶対に家族に見せようとしない。母は口うるさいけれど優しいいし、ミッコにはみんなを明るくする力がある。面倒くさいことも少なくないけれど、ぼくはこの家族が結構好きだ。

龍之介の家なんか、お父さんが帰ってくるのは週に一度がせいぜいで、お母さんも働いていて夜が遅い。大学生の二人の兄はとっくに家を出てしまっている。

「一人は気楽でいいんだぜ。お届けケンタ食いながら六十インチを独り占めだ。観たい映画を好きなだけ観ていられる」

そう自慢げに言うくせに、龍之介はいつもぼくの家族をうらやましがる。

そのときの表情はどことなくさみしげで、ぼくはまだ自分がどう振る舞えばいいのかわかっていない。


父は最低二週間入院することが決まった。夕飯時はそれほど不在を感じなかったが、布団にくるまるとダメだった。

となりのベッドで先にミッコが泣き始めた。ミッコはクラス替えで仲良しのユミちゃんと離れてしまった。それに加えて父の事故だ。泣きたくなるのも仕方がない。

それでもどうしてやることもできず、ぼくは枕の下からラジオを取り出して、イヤホンを左の耳に突っ込んだ。龍之介に勧められて、寝る前にラジオを聴くようになって半年くらいが過ぎる。聴くのは決まって地元のＦＭだ。ＤＪがおもしろいという理由もあるけれど、それだけじゃない。ぼくたちだけの秘密がある。

今日はいろいろあってさすがに疲れた。すぐにウトウトしかけたけれど、ふと気づくとアリアナ・グランデが流れていた。龍之介が大ファンだから彼女のことは知っている。

ノリのいい曲に続いて、ＤＪの太い声が聞こえてきた。

「おい、ナポレオン。大丈夫か？　しんどかったらいまから飛んでいくぜ！　というナゾのメッセージをいただきました。常連ですね。横浜市旭区のラジオネーム〝小津の来生《らいせい》〟からのリクエストでした」

もちろん龍之介だ。ぼくたちはお互いに伝えたいことがあるとき、ラジオを利用することがある。よほど聴取率《ちょうしゅりつ》が悪いのか、結構な確率でメールは読まれる。ぼくのリクエストで仲直りしたこともある。

ＤＪのミュージシャンがくすりと笑った。

いつの間にか父がいないさびしさは消えていた。何かを思うヒマもなく、ぼくは深い眠りに落ちていた。

父の入院は思いのほか長引いた。ぼくたちはすぐにその状況に慣れたが、退院予定の二週間を過ぎた頃から、病院の父は目に見えて苛立《いらだ》ち始めた。

ミッコを連れてお見舞いに行っても、「勉強はちゃんとやってるのか」「塾に行かすのだってタダじゃない」と声を荒らげ、ちっとも嬉《うれ》しそうにしてくれない。母に怒鳴っている場面も何度も見たし、社長さんと口論しているところにも出くわした。

「話が違うだろ！　あんた何も心配するなって言ってただろうが！」

あんなに荒ぶる父を見たのははじめてだったが、社長さんも負けていなかった。「勝手なことばかり言うなよ！　もう俺だって限界なんだ！」という言葉を皮切りに、そもそもお前が……、ロウサイが……、もうナニワブシの時代じゃない……といった非難めいた言葉を次々と繰り出していった。

その後、社長さんの姿を病院で見ることはなかった。そして転院して手術のやり直しをしても、父の足はなかなか良くならなかった。日増しにイライラを募らせていった父は、最後はケンカ別れするように病院を出てきた。事故から一ヶ月が過ぎた、ゴールデンウィーク前のことだ。

松葉杖《まつばづえ》を母に持たせて、父は足を引きずりながら帰ってきた。ぼくたちを見もせずに、仏頂面《ぶっちょうづら》のまま自分の部屋に消えていく。

そして一時間近く電話で誰かと話してから、やつれた様子でリビングに下りてきた。何よりも驚いたのは、父が当然のようにタバコをくわえていたことだ。以前はヘビースモーカーだったと聞いたことがあるけれど、ぼくが見るのははじめてだった。

父の異変に気づいているはずなのに、母は見て見ぬフリをし続ける。「さぁ、ご飯にしましょうね。今日は退院祝い。お父さんの好きな湯どうふよ」と、なぜか母はぼくとミッコに向けて口にする。

一ヶ月ぶりに四人そろった食卓には、おかしな空気が漂っていた。父は黙々とおかずを口に運び、母の話はうわすべりし続ける。ミッコが不安そうに何度かこっちを向いたが、どうしてやることもできなかった。

それから数日、父は家に籠《こ》もり続けた。会社どころか、松葉杖はみっともないからと外を出歩こうともしない。いつも難しそうな顔で本を読んでいるか、ニュースを見ていて、家族みんなを暗い気持ちにさせた。

そんなぼくたちを窮地から救ってくれるような宿題が、連休に入る直前、拓巳先生から出された。

「身近にいる誰でもいい。みんなの近くにいる大人にインタビューして、それを原稿用紙にまとめてください。テーマはそうだな。『家族とは何か』にしようか」

一瞬の静寂《せいじゃく》のあと、ブーイングが飛び交った。新しいクラスになって一ヶ月。先生との信頼関係は強まった。

「先生、お父さんもお母さんも家にいない場合はどうしたらいいですかー？」と、龍之介が言いにくそうにするでもなく質問する。

「べつに聞くのは家族じゃなくたっていいぞ。駄菓子屋のおばちゃんでも、スイミングクラブのコーチでも、誰でもいい。でも、テーマは一緒。家族とは何か」

「じゃあ、先生に話を聞いてもいいってことだよね？」

そう尋ねたのは相澤だ。女子の目立つグループは早々に先生との距離を縮め、友人のような言葉遣いをしている。

この質問に対しては、先生は少し気まずそうに「いやぁ……。ほら、先生はまだ大人になりきれてないところがあるからさ」と首をかしげ、みんなの笑いを誘った。

休みの間に宿題を仕上げ、それを連休明けの父母参観日に発表する。拓巳先生がどこか誇らしげに言うと、ブーイングの声はさらに大きくなった。

だったらお父さんがいいな。日程が合わなくて、これまで参観日に来てもらったことはほとんどない。足をケガしているいまなら来られるかもしれないし、やっぱり父のことを強くして帰宅してみたい。

 その思いを強くして帰宅すると、父はリビングで新聞を読んでいた。ぼくは緊張を押し殺して声をかける。

「ねぇ、お父さん。ちょっといい？」

 父は意外にもおだやかな笑みを浮かべた。

「算数のこと以外だったらべつにいいぞ」

 最近の気むずかしい雰囲気が消えていて、ぼくは安心して用件を切り出した。話を聞いている間、父は一度さびしげにギプスのはめられた右足を見たが、口調は変わらなかった。

「なぁ、征人。久しぶりに散歩でもいくか」

「え……？ ぼくはいいけど、足は平気なの？」

「ああ、大丈夫だ。裏の森くらいならな。いい加減身体がなまっちまった」

 そう言いながら、父は大きく伸びをした。龍之介と約束していたが、今日は断ろうと思ったとき、タイミング悪くチャイムが鳴った。「おーい、ちび太ー」という声が続く。

 父も玄関についてきて、ぼくより先に「おう、龍之介。俺も行くぞ」と口にした。龍之介はちらりとぼくを見たが、すぐに表情を輝かせた。

「いいね。じゃあ俺もおじさんから話を聞こ。宿題だろ？　実は誰にしようか悩んでたんだ」

この二人は昔から友だち同士のように仲がいい。父を独り占めできなかったことは少しだけ残念だったが、龍之介なら仕方がないと思い直した。

その理由はもう忘れたけれど、小さい頃に〝ヤルキ森〟と命名した裏山には、鳥の鳴き声が反響していた。間伐《かんばつ》された木の隙間《すきま》から太陽が顔を覗《のぞ》かせる。長袖じゃ暑いくらいだ。

「おじさん、足は治ったの？」

龍之介が父に問いかける。森の中に一本しかない道は、二人が並んでギリギリの幅だ。対等に話をする二人の背中を眺めながら、ぼくは少しうしろをついていく。

「治ってたらこんな歩き方するかよ」

「ハハハ、たしかに。まぁ、痛くなったらすぐに言ってよね。置いていくけど」

「お前、あいかわらず可愛げないな」

「違うって。征人が可愛げありすぎなんだよ」

「あいつは俺によく似たから」

「いやいや、おばさん似でしょう。どっちかと言えば」

父のペースに合わせてゆっくりと山道を下り、小川のほとりで腰を下ろす。母がせっかくだからと作ってくれたおにぎりをせっせとたいらげて、ぼくはノートを開いた。龍之介は少し離れた岩場に場所を移し、質問はぼくに任せたというふうに目配せしてくる。

「じゃあ、これからいろいろ聞いていこうと思うんだけど、いい？」

ぼくも龍之介にうなずき返し、切り出した。

「ああ。そのつもりでここに来た」

「答えにくいとかナシだからね」

苦笑したり、言いにくそうにしたりしながらも、父は質問にすべて答えてくれた。母と恋愛結婚だったというのは嬉しかったけれど、その出会いがナンパだったというのは情けない。

「そうは言うけど、奇跡だったんだぞ。元町《もとまち》の本屋さんでな。同じ本に同時に手をかけるということが起きたんだ。お母さんも二十五歳くらいで、まだメガネもかけてなくて、あの頃はホントにかわいかったし、だったら声かけないわけにはいかないだろ？　あれはやっぱり奇跡だったんだよ。ま、もちろんいまもかわいいけどな」

父は自慢げに語ったが、龍之介は離れたところで苦しそうに笑っている。メガネの母がかわいかったなんて信じられないし、この父がナンパ？　時の流れを残酷に思う。

驚いたこともある。二人の結婚に、上大岡のおばあちゃんが猛反対したということだ。父はこのときだけハッキリした理由を明かさなかったが、二人の出会いから、結婚や、ぼくたちが生まれた日のこと、そしてサニータウンに引っ越してきた日のことまで、全部聞いたときにはノートは十ページほど埋まっていた。

疲れた表情を見せ始めた父に、ぼくはノートを閉じて尋ねてみた。

「じゃあ、最後に聞くけど、お父さんにとってぼくたちって何？　家族って？」

このときばかりは龍之介の目が気になった。でも、父はきっぱりと言い切った。

「心臓かな」

「は？」

「お前たちが動かなくなったら俺は死んじゃう。そういう存在」

ああ、そういうことか……と、ぼくは少ししてから合点《がてん》がいった。きっと父は参観日のことまで視野に入れているのだろう。本人はうまいこと言ったつもりらしいが、正直ぼくはピンとこない。

それを悟ったのか知らないけれど、父は照れたように言い直した。

「自分より大事なものがあるヤツってたぶん強いんだ。そして俺にとって、お前らは唯一そういう存在だ」

自分より大事なもの、という部分だけ抜き取って、ぼくはメモに書き写した。

「やっぱりいいよな。ナポレオンのお父さん。うちとは大違いだ」

　帰り道は父を先に行かせて、龍之介と並んで歩いた。ちょうどぼくたちの目の高さに細い陽が差し込んでいる。

「なぁ、ナポレオン。夏になったらみんなで海に行こうぜ。松ちゃんとかオガちゃんたちも誘ってさ。来年の夏はどうせみんな受験勉強だろ。今年が思い出を作る最後の夏だ」

「うん。いいね、それ」と答えながら、ぼくはべつのことを考えていた。龍之介が受験に失敗するよりは、まだ確率は高いと思う。半年で十以上も偏差値が上がったのだ。この調子でがんばれば、きっと行きたい学校に行けるはずだ。

　さぁ、帰って勉強だ――。いくらか普通に歩けるようになった父の背中を見ながら、ぼくは軽く拳を握った。

「……そうお父さんは言いました。ぼくにとっても家族が〝自分より大事〟なものかどうかはわかりません。うるさいなと思うことはたくさんあるし、友だちの方が大事なときもあります。でも、お父さんが入院して家にいなかった一ヶ月間、ぼくや妹の美貴子はすごくさびしかったです。何かが足りないってずっと思ってました。

ぼくは、家族って、みんなが身体の一部なんだと思いました。お父さんが右足で、お母さんが左足で、ぼくが右手で、美貴子が左手。みんながそろって、はじめて家族っていう身体ができるんじゃないかと思いました。

どれかが欠けても生きてはいけるけど、全部大切だし、ないとこわいもの。普段、右足って大事だなぁと思わないのと同じように、お父さんが入院して、ぼくははじめて家族のありがたみを知りました。

2

ちなみに元町の本屋さんで二人が同時に手をかけたのは、『あなたの人生を幸運に導く法則』という本だったそうです。終わり！」

緊張は不思議なほどしなかった。原稿用紙を折りたたみ、椅子に腰かける。と、一瞬の沈黙のあと、爆発するような拍手が起きた。年に数度しかない土曜日の授業。教室を囲んだ父母たちから感心した声が上がる。

「スゲー！　スゲーじゃん！　ナポレオン。隠れた才能あったな！」

うしろから龍之介がシャーペンで突っついてきたが、ぼくは振り向こうとしなかった。照れくさかったわけじゃない。頭にきて仕方がなかった。

昨夜《ゆうべ》、今日の四時間目が国語だと父には伝えておいた。「わかった。必ず行く」と、父も約束したはずなのだ。

それなのに父は結局姿を見せなかったし、母もなぜかやってこない。何かあったのではないかという気持ちは、再び刺々《とげとげ》しくなってきた最近の父の言動も後押しして、次第にイライラに変わっていった。

ぼくは意地になって最後まで手を挙げなかった。他に挙手する子はたくさんいたのに、どういうわけか拓巳先生は最後にぼくを指した。

もう知るもんか！　と、心の中で叫びながら読み上げた作文は、驚くほど好評だった。でも、喝采《かっさい》は心をかき乱すだけだった。ぼくはお父さんに聞いてほしかったのだ。お父さんがいなくちゃ意味がない。

　ぼくの発表をきっかけに、教室は一気に落ち着きを失った。先生はたしなめるように手を叩いて、優しい笑みを引っ込める。大事な話をするときの合図だと、クラスメイトはもう知っている。波が引いていくように、教室に再び緊張感が張り詰める。

　先生は咳払いしてから口を開いた。

「今回、みんなにこの宿題を出したのは他でもない。自分にとって大切な存在を一度考えてもらいたかったんだ。インタビューの相手は本当に誰でも良かった。でも、狙《ねら》いは一緒。自分にとって大切な存在とは何か」

「たしかにね。俺もナポレオンのお父さんから話を聞かなかったら、こんなにマジメに考えなかったと思うよ」

　龍之介が原稿用紙をぴらぴらと掲げる。案の定というべきか、龍之介の両親は来なかった。そもそも龍之介が参観日を伝えたのかも怪しいけれど。

　龍之介を見た先生の目が、ゆっくりとぼくに向けられる。作文を読んだときは全然緊張しなかったのに、ドキドキした。先生は小さくはにかんだ。

「ナポレオンは先生の意図を読み取ってくれたな。家族というのは、ひょっとすると繊細なテーマだったかもしれない。あとで親御さんから苦情が来るかもしれないと思ったけど、それでも先生はみんなに問いたかった。自分にとって大切な存在とは何か？　もう一度よく考えてみて、また家で話し合ってみてくれないだろうか」

先生が話し終えると、親たちの方から小さな拍手が湧《わ》いた。それを見て、大丈夫だ、とぼくは思った。この先生に文句を言う親がいるとは思えないし、もしもそんな親がいたら、ぼくたちが先生を守るだろう。

拓巳先生は五年一組のみんなにとって、とっくに大切な人だから。

授業が終わると、顔見知りの母親たちから「征人くん、すごかったね」と褒められた。直後の学級会が終わると、友人たちがぼくのところに寄ってきた。

「マジでナポレオンにはハメられたよ！　俺、帰ったら絶対母ちゃんに叱られるよ！」と松ちゃんが言うと、「ホント、ホント。今日のナポレオンはすごかったよね」と、ノッポの俊《しゅん》輔《すけ》がうなずいた。

「天才、現れた？」と自分こそ天才のオガちゃんに小馬鹿にされれば、最近龍之介と仲のいい不良の愛川くんまで「いいなぁ、ナポレオンのとこ。うちとは大違いだぜ」とため息をついた。

龍之介は一人だけ目を細めて笑っていた。ふと視線が合いそうになったとき、背後から弾けるような声が聞こえてきた。

「馬上、やるじゃん」

その声に驚いて振り向くと、相澤がくすくすと笑っていた。そのとなりで酒井も意地悪そうな目を向けてくる。

最近、女子二人のリーダー格は、ぼくが憧れる井上さんの近くにいることが多い。はじめは不思議な組み合わせだと思っていたけれど、いまはなんとなく理解できる。井上さんがかわいいからだ。スマホをデコレートするのと同じように、井上さんといることで自分たちの価値を高めている。

クラス替えから一ヶ月以上が過ぎたけど、ぼくはいまだに井上さんに話しかけることができない。龍之介は「早くしないとすぐ席替えになっちゃうぞ」と脅してくるが、挨拶《あいさつ》さえうまく交わせないのに、いまさら何を早くしたらいいのかわからない。

おどおどするぼくをちらりと見て、龍之介が弱った顔で口を開いた。

「ねぇ、相澤たちも一緒に海行かない？　俺たち計画してるんだ。夏休み、うちの別荘がある三浦《みうら》海岸に行かないかって」

ぼくはぽかんと口を開いた。海に行く他のメンバーはみんな鳩が豆鉄砲を食ったように目をパチクリさせている。

龍之介は苦笑して、愛川くんに目を向けた。

「いや、愛川くんとも相談してたんだ。来年は相澤たちも受験だろ？　こんなチャンス、もう今年しかないし。みんなで行った方が楽しいよ」

「相澤たちってどういうこと？　他に誰よ」

相澤の質問に応じたのは愛川くんだ。愛川くんはなぜかぼくを見つめて、首をひねる。

「だからお前と酒井と、もちろん井上も」

ぼくはハッと息をのんで、龍之介を見やった。愛川くんはぼくが井上さんを好きなことを知っている。龍之介にしか話したことはなかったのに、ひどい裏切り行為に汗が滲《にじ》む。

龍之介は女子とも気軽にしゃべるし、愛川くんはとなりの南小に彼女がいるという。二人にとって女子と遊ぶことなどへっちゃらなのかもしれないけれど、当然ぼくはそういうタイプじゃない。

井上さんも同じのようだ。会話を断ち切るように懸命に首を振る。

「わ、私は……。私はお母さんが許してくれないから」

「なんで決めつけるのよ。聞いてみなきゃわからないじゃん」

そう言ったのは酒井だ。相澤の目も爛々《らんらん》と輝く。

「たしかにこんなチャンス、もうないかもしれないもんね。井上さん、みんなで思い出作ろうよ」

「でも、私……」

「井上さんがいた方が楽しいに決まってるし。私たち友だちでしょ？」

「それはそうだけど……」

小動物を追い込むように、相澤が間を詰めていく。助けてあげたいと思ったけれど、こんなときどうしていいのかわからない。

龍之介が弱ったように微笑んだ。

「ま、井上さ。ダメ元でいいからお母さんに聞いてみてよ。俺たちは泊まりで行くけど、最悪日帰りでもいいじゃん。花火やったり、バーベキューしたり。思い出作ろうぜ」

龍之介の言葉に、みんなの頰《ほお》が熱を帯びたように赤く染まった。あいかわらず浮かない顔をしているのは井上さんとぼくだけだ。

「あの、井上さん――」

続く言葉もないくせに呼びかけていた。井上さんは首を振り、ぼくを無視してうつむいてしまう。

こんな状況なのに、井上さんの髪からいい匂いが漂った。焦《じ》れる気持ちとは裏腹に、ぼくは花畑のようなその香りにしばらく意識を奪われた。

サニータウンに向かう帰り道、さっきの出来事などなかったかのように、龍之介が伸びをしながらつぶやいた。

「なーんかさぁ。べつにいいんだけど、ちょっと出来すぎってていう気がしない？」

「出来すぎって、何が？」

「拓巳先生」

突然出てきた先生の名前に、ぼくは直前まで胸にあった怒りをつい忘れた。

「へ、先生？」

「出来すぎっていうか、非の打ちどころがなさすぎてなんかこわい。ほら、俺は教師に限らず、基本的に〝大人〟っていう生き物を信頼してないから。今日の授業中の言葉なんて、本人の言葉じゃないみたいだったじゃん」

「なんだよ、それ。じゃあ誰の言葉だよ」

「わからないけど、辞書とか、教科書とか……。聖書とか？」

「なに言ってんの？」

「だって先生の言葉って、たまに三流映画の脚本みたいなときがあるんだもん」

「はぁ？」

「俺が観てきた本物のヒーローって、たとえば『太陽がいっぱい』のリプリーとか、『スター・ウォーズ』のハン・ソロとか、一緒に観た『ロッキー』もそうだったじゃん。みんなどこか欠陥を抱えてるもんなんだよね。なのに、あの先生は完璧《かんぺき》すぎる」

なんとなく龍之介が大切なことを言っているような気がして、頭の中で「三流映画の脚本」という言葉を反芻《はんすう》してみたが、やっぱり意味はわからなかった。

「くだらないな。なんでも映画でたとえるなよ。それより何だよ。愛川くんにばらしやがって」

「愛川くん?」と、今度は龍之介が不思議そうな顔をする。そのしらばっくれた態度に、ぼくはたまらずカッとなった。

「い、井上さんのことに決まってるだろ!」

「井上のことって……。ああ、あれか。愛川くんにバレちゃってたやつな。いや、俺は言ってないぞ。言ってないけど、ナポレオンが井上のこと好きなんてみんな知ってるだろ」

「ウソだよ!」

「ウソなもんかよ。井上のやつ、来るといいけどなぁ。ナポレオンの動揺した顔見るの、いまから楽しみだ」

龍之介は受け流すように笑った。どうしてバレているのか、ぼくはがっくりとうなだれる。

さらに気を重くさせる声が飛んできた。

「そういえばナポレオンのお父さん来なかったよな。なんで？」

「知らないよ。どうせまた足が痛かったんじゃないの」

「せっかくいい作文だったのになー。聞いてもらえなくて残念だったな」と、龍之介が同情するような表情を浮かべたとき、「お兄ちゃんたちー！」という声が背後から飛んできた。

振り返ると、ミッコがパタパタと駆け寄ってきた。龍之介を見て嬉しそうにしたが、鼻の穴は興奮したように広がっている。ぼくと同様、父たちに憤《いきどお》っているのだろう。

「とりあえず昼ご飯食べたら電話する」

そう言って龍之介とは別れ、ミッコと並んで歩き出した。家までの三分くらいの間に、ミッコは不満を漏らし続けた。もうホントに信じられない。私はちゃんと約束したのに。何を言われても許さない。しばらく口も利《き》きたくない。

ミッコをなだめた頃には、ぼくの怒りが再燃していた。事故の日以来、父の顔色をうかがってばかりいたけれど、今日こそガツンと言ってやる。

そう勇んで家に駆け込んだぼくたちの目に、信じられない光景が飛び込んできた。ミッコの肩からドラマのワンシーンのようにランドセルがずり落ちる。母が手とひざを床について、四つん這《ば》いの姿で泣いている。

「ああ、征人。ミッコ……」

母はしゃくり上げ、ひざ歩きでぼくたちのそばに寄ってきた。母が泣くこと自体はめずらしくない。映画を観て、本を読んで、しょっちゅう涙を流している。でも、涙で曇ったメガネとその動きはあまりにも不気味だった。

ごめんね、ごめんね……と理由も説明せずに母はぼくたちを抱きしめる。「何があってもお母さんが守るから。二人につらい思いはさせないから」という思いは痛いほど伝わったが、いま聞きたいのはそれじゃない。

「うん、ありがとう。で、何があったの？」

肩に置かれた手を握って尋ねると、母は目を見開いた。ティッシュを十枚くらいまとめて引っつかみ、涙を拭《ぬぐ》いながら、やっぱり「ごめんね」を繰り返す。

ようやく嗚咽《おえつ》が落ち着いてきたところで、母は力なく首を振った。

「ごめんね、二人とも。実はお父さんのことなんだけど――」

まぁ、それはそうなんだろうと冷静に思いながら、ぼくはこくりとうなずいた。母の瞳はせわしなく左右に揺れていた。

きっかけは、やっぱり父が起こした事故だったという。父は相手の信号無視が原因だと主張していたが、警察の調べで父の方に非があることが発覚した。

　父が勤める広田捺染の社長さんは車の保険に入っていなかった。いや、何年にもわたって加入し続けていたが、事故の数ヶ月前に失効し、そのまま更新していなかった。この仕事がうまくいったら……、あの金を回収したら……と思っているうちに、ずるずると時間が過ぎていった。父を含め、社員たちは失効の事実を知らされていなかった。

　その責任を感じてのことだろう。社長さんは父に賠償金を負わせようとしなかった。本当に切羽詰まった状況なのに、なんとか会社で工面しようとしてくれた。でも、結果的にそのことが最悪の事態をもたらした。

　父の勤める広田捺染は、数年前から東京のアパレル企業に買収話を持ちかけられていたという。小さな染め物屋ではあるけれど、歴史と技術を持っている。社長さんの心は何度もかたむいたが、その都度、社員たちの猛反対にあった。中心にいたのが父だった。勤務条件は変わらないと先方は言ったが、最初だけだと父は頑として譲らなかった。

　その父が自動車事故を起こした。そして不況で売り上げが増える目処《めど》が立たない中での、賠償請求。先方は相手が地元では名の知れた会社であるということで、強気に吹っかけてきたそうだ。交渉の余地はあったけれど、社長さんの心は折れてしまった。

「もう俺だって限界なんだ！」という病室での声を、ぼくはハッキリと覚えている。母の話は難しい単語も多く、半分も理解できなかったけれど、あの日の社長さんの表情を思い出せば、深刻な内容であることは想像できた。

「せめて状況だけでも私たちに教えてくれたら良かったのに」

母は涙でぬれた顔を上げ、無理に笑みを作ってみせた。ぼくは口を挟まなかった。母はため息を一つついて、再び話し始めた。

社長さんは誰にも相談をせず、今度は自ら東京の会社に売却を持ちかけた。先方は足もとを見てかなり買収の金額を下げてきたけれど、社員は必ず守り、待遇も変えず、社名も当面は維持されるという言葉を信じた。

わずか一ヶ月ほどで事務手続きを完了した日、社長さんは転院していた父を訪ね、すべての顚末《てんまつ》を報告した。「もう済ませたことだから」と、有無を言わせぬ口調ではあったが、社長さんの目はかすかに潤んでいたそうだ。

でも、父は許さなかった。社長さんを目いっぱいの力で押し倒し、さらに倒れた社長さんに覆い被《かぶ》さって、ギプスのはめられた腕で殴り続けた。

事故の方は示談で済んだが、これでは傷害で逮捕されてしまう。母は懸命に二人の間に割って入り、「お願いだからやめて！」と叫んだ。我に返った父は肩で息をつきながら、「俺たちの居場所を返せよ！」と社長さんに詰め寄った。社長さんは涙ぐんでいたという。

父が退院したのはその翌日のことだった。それからのことはぼくも知っている。いつも何かにイラついていて、自分の部屋に籠もることが多く、そういうときは決まって誰かに連絡を取っていた。ケガした足は一向に良くならず、そのことがまた父を苛立たせていた。

「それで？　それだけじゃないんだよね。今日また何かあったんでしょ？」

なるべく平静を装って、ぼくは尋ねた。母は自嘲《じちょう》するように微笑む。

「お父さんが予想した通り、やっぱり会社の体制があっという間に変わっちゃったって。それで昔からの社員さんが次々と辞めていっちゃって、お父さんも……。私、今日まで何も聞かされてなかったんだけど、お父さんは退院した次の日に真っ先に会社を辞めてたって」

「え？」

「何が悔しいって、そんな大切なことを一言も相談してくれなかったことなの。私はそう言ってるだけなのに、お前は俺にプライドを捨てろというのかって怒鳴られて。違うの、そうじゃないでしょう？　だって私たち――」

母は大きくかぶりを振って、ぼくとミッコをじっと見た。

「家族じゃない」

不意に沈黙が立ちこめる。母の言葉が耳の奥で反響する。間違ったことを言っているとは思わない。でも、ぼくはなぜかうす汚いものを感じた。相澤が井上さんに向けた「私たち友だちでしょ?」という言葉に似ている気がしてならなかった。

「で、私たちはどうしたらいいの?」

ミッコが唐突に口を開いた。泣くわけでも、怒っているふうでもない。それなのに母を見つめる妹の表情には、鬼気迫るものが感じられた。

母は逃げるように下を向いた。

「だから、大丈夫だから。あなたたちにつらい思いは……」

「私、離婚とかはイヤだから。それだけは絶対許さない」

そう言い放つと、ミッコは母の返事を待たず、自分の部屋へ消えていった。どうしていきなり「離婚」だなんて……。そんなことを考えていたら、思い出した。

去年の、たしか今頃だ。親友のユミちゃんの両親が離婚した。一生懸命強がろうとするユミちゃんに、ミッコは「泣いていいんだよ」と一丁前のことを口にした。親友がつらい思いをするのを、ミッコは他の誰よりも近くで見ていた。

「ぼくにできることがあればなんでもするよ。塾なんか行かなくても勉強はできるし、アルバイトをしたっていいよ」

愛川くんが近くのゴルフ練習場で球拾いをしているのを知っている。頼めば一緒にやらせてくれるかもしれないと、母の力になりたい一心で言ったつもりだ。

それなのに母は甲高《かんだか》い声を張り上げた。

「もう、やめてよ！　あなたまで私を責めないで」

「べつに責めてなんて……」

「私が何をしたっていうのよ！」

言葉をボンヤリと噛《か》みしめていたら、意思とは反対に笑ってしまった。おかしくもないのに笑いながら、自分の無力さを感じずにはいられなかった。身長がいくら伸びたって、偏差値が上がったって、ぼくはまだまだ子どもなのだ。この母のために、家族のために自分に何ができるのだろう？

そんなことを延々と考えていたその日、父が帰ってきたのは、時計の針が新しい日付を刻んだ頃だった。

なかなか寝つけず、いつものようにラジオを聴いていた僕の耳から、父はいきなりイヤホンを引き抜いた。

「おい、征人。起きてるか！」

お酒の匂いをこれでもかと振りまきながら、何が楽しいのか父はバカみたいに笑っている。そして暗闇の中で仰天するぼくの頬を、思いきりつかんだ。

「征人、よく聞けよ。革命だぞ！　いまの時代に必要なのは革命なんだ！　俺はそのためにお前に〝征人〟ってつけたんだからよ。天から授かった〝馬上〟に、これ以上ふさわしい名前が他にあるかよ！　感謝しろ。感謝しろよ、征人！」

お願いだからもうやめて！　というミッコの叫び声が意識の外で聞こえていた。窓から差し込む月明かりが父の瞳を照らしている。それさえもぼくの意識には届かなかった。

肩を激しく揺すられながら、ぼくが呆然《ぼうぜん》と思っていたのは、ナポレオンの肖像画だ。白い馬に悠然とまたがり、天を指さすナポレオン・ボナパルトの勇ましい姿が、目の前をちらついた。

ぼくは拳を握りしめた。必死に歯を食いしばっていた。そうしていないと不安で、涙がこぼれそうで、波にさらわれてしまいそうでこわかった。

何かが壊れていくことを理解した。

何かが始まることも確信した。

月がじんわりと空に滲んでいた五月の夜、家の中に得体のしれない何者かが侵入してきたことを、ぼくはハッキリと肌で感じた。

3

ベロベロに酔って帰ってきて、ぼくに「革命だ」と叫んだ夜から、父は変わった。具体的にいうと、毎晩のように遅くまで出歩いて、よくお酒をのむようになった。

「早く次の就職先を探さなくちゃならないからな」

そう言って、朝は優しくぼくたちの頭をなでて家を出ていく父が、帰宅するときは必ずお酒の匂いを振りまいていた。

酔っぱらった父はいつも何かに憤っていた。あるときは政治家のひ弱さを、あるときはこの国の自殺者の数を、あるときは立ちゆかなくなっているという資本主義を、嘆いて、叫んで、そして最後はそのすべてがぼくの責任であるかのように、説教した。

ミツコは父の奇行に早々に嫌気が差し、母の部屋で寝るようになった。母は「ごめんね。しばらくの間辛抱して」とぼくを抱きしめはするものの、父に対しては必死に耳を塞《ふさ》いでいた。酔っている父につき合わされるのは、いつもぼくと決まっていた。

でも、夏休みまで三週間を切った七月のある日、父の再就職が一向に決まらないことにさすがに業《ごう》を煮やしたのだろう。めずらしく父がいた夕飯の最中、母は平静を装いながら口を開いた。

「もういい加減お父さんに働いてもらわないとね。そろそろ貯金も尽きてきてるし、征人の受験も近いんだし、私立の学費のことだって考えなくちゃならないしね」

父は一瞬驚いた表情を浮かべたものの、「わかってるよ」と渋い口調でつぶやいた。母はなぜかうすら笑いを浮かべて首を振る。

「わかってなんてないわよね」

「お前、何を……」

「じゃあ、教えてくださいよ。家のローンはどうするんですか？　税金は？　支払いの済んでいない治療費は？　督促状もまたいっぱい来てますよ」

「そんなもん、俺の失業保険でやりくりできるだろ」

「自己都合の退職だと三ヶ月過ぎないと給付されないんです」

「だったら、もうすぐじゃないか。その間くらいどうにかしろよ。それがお前の仕事だろ」

「それが私の仕事じゃありません」

「何？」

「私だってパートに出ていますし、子どもたちの面倒も見ています。あなたは二言目には失業保険って言いますけど、あんなもの、毎月のローンを払い込んだら終わりです。大体それだって数ヶ月しかもらえないのに、その後はどうするつもりなの？」

「だから働かないなんて言ってないだろう。足さえ治れば俺にはスキルがある。働き口なんていくらでも見つかる」

「毎晩出歩くくらい良くなっているのに？」

「うるさい！　子どもたちの前でする話か！」

「子どもたちって、こんなときばっかり」

「だからうるさいって言ってるんだ！」

父がテーブルを力いっぱい叩いたとき、ぼくは思わず目を伏せた。簡単に言えば、母はキレてしまっていた。父もたじろいだように眉《まゆ》をひそめる。

「じゃあ、お前は俺にどうしろって言うんだよ」

「だから何度も言ってるじゃないですか。早く就職してくださいよ」

「だからしないなんて言ってないだろう！　時期が来れば――」

「じゃあ、せめて退職金だけでも取り返してきてくださいよ！」

金切り声が四方の壁を震わせる。あまりの大きさに驚いて顔を上げると、母は赤く潤ませた目をぼくに向けていた。この期《ご》に及んで父を見ない母に、イヤな予感しか抱けない。

「征人は私たちのためにアルバイトするって言ったんですよ。子どもにそんなこと言わせて、あなたは恥ずかしいと思わないの？　私は申し訳なくて泣けてきます。それなのにあなたはくだらないプライドのために退職金まで放棄して……。取り返してきてよ。お願いだからいますぐ取り返してきて！」

ついに涙をこぼし始めた母に、父はあきらかに動揺した。しかし、それを振り払うように「アルバイトなんて俺がいつ頼んだ！」と言い残して、そのまま部屋を出ていってしまった。

むなしい静寂がリビングに取り残された。泣き笑いのような表情を浮かべ、母は最後につぶやいた。

「ごめんね。お母さんたち、絶対に離婚なんかしないからね。お父さんも必ず戻ってくるはずだから」

母の言葉にほんのりとした違和感を覚えながら、ぼくはおずおずとうなずいた。

そんな出来事があったところで、何かがすぐに変わるなんて思っていなかった。それなのに、この日を境にたくさんの変化が生まれたから驚いた。

最初に変わったのは新聞だ。終業式間近のある朝、いつものように「トビウオ一平」を読もうと新聞をめくると、見たことのない四コママンガが目に飛び込んできた。

いまでも学校では『東都新聞』の「マタタギ君」派の面々が幅を利かせている。新聞を替えてもらいたいというのは、一年近くにわたるぼくの切実な願いだった。だから、はじめはついに父が望みを聞き入れてくれたのだと素直に心を弾ませた。

でも、何かが違った。よく見てみると、何もかも違っていた。書体が友人の家にある『東都新聞』のそれとは違う。ニュースらしいニュースがほとんどなくて、「革命」や「必勝」といった勇ましい見出しがそこかしこに躍っている。

ボンヤリとマンガに視線を戻した。「カクメイ家族」というタイトルは聞いたこともない。呆気《あっけ》にとられたまま目で追った。内容はこんな感じだ。

（一コマ目）
・小学生くらいの男の子が「イタイ、イタイ！」とお腹を押さえている。
・鍋を手にした母らしき女性が、柱の陰から顔を出し、子どもの異変に「！」と気づく。

（二コマ目）
・母が子どもに声をかける。「どうかした？」
・子どもは涙目で訴える。「お腹がイタイんだ」

・父らしき男性と飼い犬が、二人の様子に「！」と気づく。

（三コマ目）
・父が微笑みながら言う。「頭の中で痛みとたたかってごらん」
・母、合点がいったように破顔する。「なるほど、頭の革命ね！」
・犬「ワン！」

（四コマ目）
・子どもが満面の笑みを浮かべる。「不思議！　痛みが消えてるよ！」
・父と母もニコニコと「今日もカクメイ家族はたたかうぞ！」
・犬「ワンワンワン！」

たぶん、三回くらい読み返したと思う。そして読み返せば読み返すほど、頭の中に「？」が増えた。

おもしろいとか、おもしろくないとかの問題じゃない。意味がよくわからないのだ。遠い異国の絵空事のような、キツネに化かされているかのような……。どういうわけか、ぼくは見てはいけないものを見ているような気持ちになった。

　あんぐりと口を開けたまま、あらためて一面をめくった。『信星新聞《しんせい》』という文字の下には三重に縁取られた星のマークが描かれている。どこかで見覚えのあるものだ。

　どこで見たものだろう……？　イラストを見つめながら、ぼくはしきりに首をひねった。


　翌朝、ぼくはこの新聞が何なのか龍之介に尋ねるつもりでいた。龍之介ならきっと知っているだろうという予感があった。なのに「あのさ、龍之介――」と口にしたまま、続きの言葉が出てこなかった。

　なぜかこのタイミングで、「カクメイ家族」を読んだときに感じた自分だけが取り残されたようなさびしさがよみがえった。突然、昨夜と同じ正体不明の不安に身を包まれて、尋ねてはならないことなのだという思いが芽生えた。

「いや、ごめん。なんでもない」

　そう頭を下げたぼくを龍之介は食い入るように見つめていた。そして次の瞬間、その顔が不敵に歪《ゆが》んだ。

「昨日のラジオだろ？」

「は？　ラジオ？」

「へぇ、やっぱりナポレオンもそう思ってたんだ。あれ、絶対に井上だったよな？　井上がお前に向けてメールしたんだよ。あいつも意外と大胆なことするんだなぁ」

昨夜はぼくもラジオを聴いていた。龍之介が何を言っているのか、思い当たることが一つだけある。番組が終盤にさしかかった頃、いつものDJがこんなメールを読んだのだ。

『はじめまして。私は小学五年生の女子です。一学期、ずっと憧れていた男の子のとなりの席になれたのに、ほとんど話せませんでした。

明日はもう終業式。夏休みが明けたらたぶん私たちはバラバラになっちゃいます。残念だけど、勇気が湧かないし、私の気持ちはたぶん伝わっていないと思います。夏休みにクラスメイトたちは海水浴に行くっていうけど、私はたぶん行けないし。

だけど最近、彼と話せそうなきっかけを見つけました。彼も気づいていると思います。うまく話せるかわからないけど、そのときはがんばろうと思います——』

そこから「最近の小学生はすごいよねぇ。俺のときは……」という茶化すような語りが少し入って、再びDJはマジメな声を取り戻した。

「メール、どうもありがとう。横浜市在住の小学五年生〝赤いドレス〟さんからのリクエストです。君の言う〝きっかけ〟が実ることを僕も微力ながら祈っています。それでは、願いを込めて——」

たしかに似ている部分はあると思った。「海に行こう」という計画をしていて、井上さんは「たぶん行けない」のだから、あのくだりはぼくたちのケースそのままだ。メールしたのが同じ横浜市の小学五年生というのも気にかかる。

だけど、しっくりこない箇所の方が多かった。「彼も気づいている」という「話せそうなきっかけ」に、心当たりはまったくない。何よりも井上さんがぼくに「憧れていた」なんてあり得ないことなのだ。

龍之介はそれからもしつこく「俺、井上にラジオのこと話したことあるんだよね」と言っていたが、案の定、教室で顔を合わせた井上さんはいつもと何も変わらなかった。いつも通り澄ました顔をして、いつも通り相澤たちと笑っていて、いつも通りぼくになんて目もくれようとしなかった。

明日から夏休みだ。ラジオのことなど関係なく、最後に何か話したかった。でも、結局ぼくは井上さんと目を合わせることもできなかった。淡々と時間は過ぎていって、うしろの席から龍之介のため息ばかり聞こえてくる。

終業式を終え、教室に戻ると、拓巳先生から通知表を渡された。成績は軒並《のきな》みアップしていたけれど、気持ちはあまり晴れなかった。井上さんのことはもちろん、学級会の最後に拓巳先生がこんな宿題を出したからだ。

「ええと、インタビューの宿題第二弾をみんなに出したいと思います」

突然の発表にみんな言葉を失った。直後に弾けたブーイングを押し込めるように、拓巳先生はニヤリと笑う。

「そりゃあ夏休みだもん。宿題は出すだろ。そして宿題といえば、五年一組はインタビューって決まってる。テーマはそうだな。今回は『みんなの名前の由来』にしようか」

「ええ、ちょっともう勘弁してよ！」

背後から声が飛んだ。龍之介がアメリカ人がするように手を大きく開いている。

「どうした？　龍之介」と、先生が挑《いど》むように切り返した。龍之介もうんざり顔で応戦する。

「だって、わかるだろ？　龍之介だぜ？　聞かなくたって知ってるよ」

みんなはドッと笑ったけれど、龍之介の苦い表情の本当の意味をたぶんぼくだけが知っている。

龍之介の両親が不仲になり始めた二年前。近くの帷子川《かたびらがわ》の土手っぷちで、龍之介が読んでいた文庫本を静かに閉じて、「良かった。せめて本物で」とつぶやいたことがある。

尋ねなくても意味はわかった。龍之介という名前にはまだ仲の良かった両親の思いが込められている。偽物であられては困るのだ。ぼくは本を横目で見た。当時は読み方もわからなかったけれど、芥川龍之介《あくたがわりゅうのすけ》の『地獄変《じごくへん》』とかいう本だった。

拓巳先生は一度首をかしげたが、すぐに弱ったように微笑んだ。

「まぁ、そう言うなって、龍之介。お前のそのカッコいい名前にご両親のどんな思いが託されているのか、先生は知りたいぞ」

龍之介は尚もぶつくさと言い続けたが、先生はわかった上で話している。一回目の宿題をクリアしたぼくにはよくわかる。あのときも父とうまく話せない時期だったけれど、インタビューを機に少しだけ近づくことができたのだ。

龍之介に向けられていた拓巳先生の目が、ふとぼくの方に向けられた。一瞬のことだったけれど、ぼくは先生の視線を逃さなかった。

これは先生がくれたチャンスなのだ。次第に大きくなっていくブーイングの中で、ぼくは一人意気込み、そして帰宅すると強い気持ちをそのまま父にぶつけた。

「またインタビューの宿題が出たんだ。ねぇ、お父さん。ぼくの〝征人〟っていう名前の由来って何？　いつか酔っ払って言ってたの覚えてる？　〝馬上〟っていう名字にこんなにふさわしい名前はないって。あれってどういう意味だったのか教えてほしい」

そのときの父の表情を、ぼくはどう表現したらいいかわからない。意表を突かれたというような、ムッとしたとでもいうふうな。どうあれ、想像していない反応だった。

ぼくたちの視線は静かに絡み合った。しばらくすると、父は前触れもなく壁の時計に目を向けた。そして最後は諦めたように息を吐いた。

「そうだな。もうお前も五年生だ。一緒に来い」

その言葉もまた想定外のものだった。「え、どこに？」と尋ねたぼくを無視して、父はゆっくりと立ち上がる。

父が見上げた時計にボンヤリと目を向けた。七月二十一日、十二時二十四分——。五年生の夏休みが始まった。キッチンでは母とミッコが楽しそうに笑っている。『信星新聞』が無造作にテーブルに置かれている。

ぼくはあわてて父を追った。飛び出した家の外で、セミが壊れたように鳴いていた。

いくら大声で呼んでも、父は振り向かなかった。最近まで松葉杖をついていて、足が悪いからという理由で就職活動をしなかった人とは思えない。

どこへ連れていこうとしているのか。サニータウンを出ると、まだ子どもの姿の見える学校の前を通り過ぎ、そのまま西町方面へ向かっていく。丘を下るにつれて、空気が少しずつ淀んでいく。目つきの悪いお兄さんの姿が多くなって、ゲームセンターや無人のキャッシュディスペンサーが増えていく。

それからさらに十五分ほど歩いて、父はようやく足を止めた。

「着いたぞ。ここだ」

歩いている途中からそんな予感はしていた。目の前に巨大な団地が広がっている。悪名高き〈笹原団地〉が見えている。

笹原団地は神奈川県下でも有数の巨大団地だ。中国やブラジル、ミャンマーなどから近くの工場に出稼ぎに来ている人が多いらしく、団地内の案内標識には、日本語の他に見たこともない外国の文字が並んでいる。

引っ越してきた頃、母によく言われていたことがある。

「あの団地には絶対に近づいちゃダメだからね。こわいお兄さんがいっぱいいるよ。誘拐する人だって住んでいる」

そう口にするときの母の表情はいつも真に迫っていて、脅しの効果は絶大だった。小学校に入ると団地から来ている子もたくさんいたけれど、クラスメイトの彼らとさえぼくはしばらく話すことができなかった。いまのクラスでいえば愛川くんや、女子の相澤や酒井たちが団地から通っている。

父と団地に行っただなんて、母にどう説明すればいいかわからない。父はそんな気持ちを悟ったように「お母さんには黙っておけ」とつぶやき、再び先を歩き出した。

父はどんどん奥へ入っていった。団地内に人影はあまりなかったけれど、途中の広場で外国人とも日本人ともつかない、髪の茶色いお兄さんと出くわした。タバコをくわえ、ジーンズにペンキをつけたお兄さんは、攻撃的な目でぼくらを見つめてきた。いまにもこちらに向かってきそうな気配があって、ぼくは父のシャツの裾《すそ》をつかむ。

「着いたぞ」と再び口にして、父は当然のようにK号棟に足を踏み入れた。エントランスは品のない落書きだらけで、饐《す》えた臭《にお》いがする。犬が引っかいたような壁の傷を見て、ぼくははじめてその臭いの正体を小便なのだと知った。

階段で五階まで上がると、父はある家の扉をチャイムも鳴らさず開けた。「馬上です」と声を上げると、中から紫色のブラウスを着た女の人が駆けてきた。父よりは若そうだ。どこか艶《つや》っぽい笑みを浮かべ、なれなれしく父に触れている。

女の人は吸い寄せられるようにこっちを向いた。

「あら？　ひょっとして――」

ぼくは聞こえないフリをして、あわてて父の陰に隠れた。すぐに「挨拶くらいしろ」という言葉が降ってくるが、女性がそれを制してくれた。

「いいのよ。征人くんでしょ？　来てくれてありがとう。はじめまして。礼子《れいこ》です」

そう下の名前で自分を呼んだ女の人は、しゃがんでぼくと同じ目線になった。ぼくはペコリと頭を下げたが、やっぱり何も口にできない。父は苛立ったように舌打ちした。

父と礼子さんは肩を並べて奥の部屋へ消えていった。八畳くらいしかない和室に、十人以上の大人たちがひしめき合って座っている。

「みなさん、馬上さんのところの征人くんが来てくれました。よろしくお願いします」

礼子さんがぼくを紹介すると、部屋の空気が敏感に変わった。歓迎してくれたのか、みんなの顔つきが柔らかくなり、雰囲気が和むのも感じ取れる。

大学生くらいのお姉さんから、表情の乏しい老人まで。優しげにうなずいてくれる一人一人の顔を順に見渡していって、ある一点でぼくの視線は釘付《くぎづ》けになった。モヤモヤとした思いが一瞬すべて吹き飛んだ。

壁にかかった額を見て、ぼくは息をのむ。たとえるなら家の中に黒板があったり、逆に学校にダイニングテーブルがあったりするような。直前までべつの場所にあった物が、突然目の前に現れたかのような……。胸の中にいくつもの疑問が入り乱れた。

全員の視線を無視して、ぼくは一歩踏み出した。そして「なんで……？」と声を漏らしながら、壁の絵を凝視した。

学校でみんなと見たダヴィッドという人が描いた肖像画だ。『アルプスを越えるナポレオン』の巨大な複製が、あまり相応《ふさわ》しいとは思えない和室の壁に掲げられていた。

「それでは、みなさん。姿勢を正しましょう。地に根を下ろすように腰を据えたら、深く呼吸をしてください。準備はよろしいですね」

『はい』

幼子を諭すような礼子さんの呼びかけに、集まったぼく以外の全員が返事をする。たまらず目を向けたぼくに、礼子さんは優しく微笑みかけてきた。

「征人くんははじめてだからわからなくて当然。見よう見まねでいいから、やってみて。大切なのは心を解放させること。すぐにできるようになるから」

おずおずとうなずくぼくを満足そうに見下ろして、礼子さんは再びみんなに語りかける。

「あらためて姿勢を正してください。ここに集った家族に感謝し、革命の瞬間をしっかりとイメージしてください」

そして突然の大声が、ぼくの耳をつんざいた。

「黙想《もくそう》！」

部屋が一気に殺気を帯びる。となりに座る父から熱を感じた。しんと張り詰めた空気の中で、ぼくの頭は真っ白になる。

歩み寄ってきた礼子さんが耳もとでささやいた。

「いいから。目をつむりなさい。お姉さんの言う通りにやってみて」

ああ、そうなんだ。自分で「お姉さん」っていうくらいの年なんだ……と、ぼくはどうでもいいことを一人思った。部屋は静寂に支配され、誰かの呼吸する音も聞こえてこない。テレビで見た「座禅」とは少し違う。もっとわざとらしくて、ウソくさい。だったらこれは何なのかと、頭が回転し続ける。

二十分ほど過ぎた頃、ようやく礼子さんが立ち上がった。

「黙想やめ。目はつむったまま、身体の緊張を解きなさい」

言葉から敬語が消えている。

「想像しなさい。ここに集う家族とイメージを共有しなさい。目の前に世界が広がっている。どんな景色？」

円形に座る大人たちの背後を歩きながら、礼子さんは問いかけた。母と同い年くらいの女の人が口を開く。

「荒野が見える。荒れ果てた大地。これは、どこ？」

対面に座るおじいさんがそれに応えた。

「これは……、日本。我々が暮らす国。多くの民が渇きにあえぎ、多くの民が飢えに苦しんでいる。なのに、民はみな救いの声に耳を塞ごうとしている。なぜだ？」

かすれる声で老人が問いかけたとき、礼子さんの冷たい声が耳を打った。

「征人くん、目をつむっていなさい。誰が目を開けていいって言った」

父の怒りをふと感じる。俺に恥をかかせるなと、いかった肩が言ってくる。大人たちのやりとりは続く。

若い女性が質問する。「民は何かを気にしている。何を？」

老人が答える。「周囲の目」

老女が受ける。「そう。なんの価値もない社会の目。とてもつまらない世間体」

老人がさらに問う。「民が社会の目に縛られている。理由は？」

違う男性が声を上げる。「自分という主体がない。己《おのれ》が存在しない。自信がない。心が縛られている」

「ならば、彼らをどうすればいい？」

礼子さんが投げかけると、よく知る声がぼくの心をざらつかせた。

「我々が解放する。救いを求める民がいる。さぁ、決起するときだ」

そう言って、父が立ち上がる気配がした。「目を開けて！」という礼子さんの叫び声があとに続き、ぼくが目を開いたときには、もうみんな立っていた。

円の中心に歩を進めた父は全員の顔を見渡した。最後にぼくの目を見つめ、力強くうなずいたあと、振り切るように礼子さんに視線を戻す。

父は右手を突き上げ、声高に叫んだ。その姿は、あの絵に描かれたナポレオンに少しだけ似ている気がした。

「さぁ、革命のときだ」

『革命のときだ！』

みんながいっせいに唱和する。弾けるような、大きな声。

「家族よ、いま立ち上がれ」

『いま立ち上がれ！』

「救いを求める民がいる」

『民がいる！』

「さぁ、解放せよ！」

『解放せよ！』

「さぁ、蜂起《ほうき》せよ！」

『蜂起せよ！』

「さぁ、革命のときがきた！」と父がさらに言うと、みんなはいきなり肩を抱き合い、円陣を組んだ。そして、何度も連呼する。

『革命だ、革命だ、革命だ、革命だ――』

同じように肩を組まされたぼくに、周囲の人たちから声が飛ぶ。

「征人くん、恥ずかしがるな！」

「心を解放するんだ」

『革命だ、革命だ、革命だ――』

「勇気を持って」

「大丈夫、みんなついてるから」

『革命だ、革命だ――』

「さぁ、征人くん」

「征人くん！」

なんだよ、これ。なんだよ、これ……と、ぼくはパニックに陥り、すっぱいツバが口の中に広がって、胃のあたりが押しつぶされそうになって、いまにも吐き出しそうだった。

だけど瞳を輝かせるみんなの視線からは逃れられず、その中でも誰よりも鋭い父の視線をたしかに感じて、ぼくもまた気づいたときには叫んでいた。

『革命だ、革命だ、革命だ！』

「最後！」という礼子さんのかけ声に、みんなの気持ちが一つになる。

『革命だ！』

円陣が解かれた瞬間、盛大な拍手が湧いた。これは現実のことなのか？　ぼくは本当にここにいるのか？

まるで演劇の練習のようで、そうであってほしいと願いながら頬をつねろうとした矢先、それを許すまいとするようにみんなが肩を叩いてきた。特別な存在としてでなく、集団の一員として。

父からも背中をなでられた。父が父でないようでこわかった。

「良かったわよ、征人くん。本当に良かった」

礼子さんは感極まって涙を流していた。いや、半分以上の人が目を赤く潤ませていた。ぼくはなぜか一人でヘラヘラ笑っていた。どうやらぼくが間違っているようだ。少なくともこの場所ではみんなの方が正常らしい。

「征人、一つだけ言っておく――」

団地で開催された「勉強会」から帰る途中、父は有無を言わさぬ口調で切り出した。西陽の影になっていて、どんな顔をしているのかはわからない。

「俺は誰に対しても恥ずかしくない生き方をしていたい。強く、まっすぐ、何よりも正しく生きていたい。俺がそういう生き方を選んでいるか、お前が見張っていてくれな」

そう言うだけ言って、父は前を歩き始めた。しばらくその後ろ姿を見つめたあと、ぼくは強く首を振った。そうしながら、懸命に龍之介のことを思っていた。何かを伝えたいわけじゃない。救いを求めるわけじゃない。でも、龍之介に会いたいと心から思った。

この父じゃない。龍之介こそがいまのぼくの「正しい」の基準だ。家に帰ったらすぐ会いにいこう——。

そう強く思っていなければ、涙がこぼれてしまいそうだった。

4

楽しみにしていた五年生の夏休みは勉強の日々だった。朝、起きてすぐに前日出された宿題に手をつけると、昼前に電車で新横浜に移動し、塾の夏期講習。母に〈私立中学必勝カリキュラム〉などというコースを選択させられたせいで、とんでもなくハイレベルな他校の子どもたちに囲まれ、熱血漢な先生たちにひたすら煽《あお》られ続けた。

夕方、疲れ切って塾を出れば、今度は父が駅で待ちかまえている。晴れていようが、雨が降っていようが、父はぼくを迎えにきた。そしてぼくは塾以上に嫌いな場所、父たちの「勉強会」に連れていかれた。

夏休み初日に笹原団地に出かけて以来、ぼくはいろいろな勉強会に参加させられた。礼子さんの家に行ったのは最初だけだ。その後は笹原地区を中心に、横浜市内を転々と、ときには東京の外れの八王子《はちおうじ》や埼玉の越谷《こしがや》なんかにも連れていかれた。

やることはどこもたいして変わらない。目を見開いて「革命」の必要性を説く大人たちにゾッとしながら、仕方なく声を合わせているだけだ。そしてどこへ行っても、ぼくは熱烈に歓迎された。その勢いは少し異常なほどだった。同い年くらいの子どもは他にもいたが、やっぱりぼくの名前が原因らしい。

「馬上征人くん、なんて素晴らしい。ナポレオン様の再来のようね」

見知らぬおばあさんが目の前でひざまずいて、手を合わせ始めたときには、さすがに驚きを飛び越えて、しらけた気持ちにさせられた。

勉強会が終わるのは大体二十時くらいだ。「毎日遅くまでどこに行ってるの」と、はじめの頃は母がしつこく聞いてきた。勉強会のことは父から固く口止めされている。

「塾の復習をしてるんだよ」

「どこで?」

「だから、新横浜のファミリーレストラン」

「宿題は朝やってるのに?」

「もう、うるさいな。べつにいいだろ」と言いながらも、母に気づいてほしかった。ぼくは勉強会がイヤで仕方がない。でも、それを明かせば父と母の間の何かが決定的に変わってしまいそうな気がして、伝えることができなかった。

それに、母だってわかっているはずなのだ。たとえ勉強会のことは知らなくても、何かが起きていることには絶対に気づいている。

でも、母は例によって父に尋ねようとしてくれない。やはりこわいのだろうと思う。父が開き直って〝何か〟を隠さなくなることを、母は気づいていながらおそれている。

夏休みになり、八月に入ってからも龍之介とは一度も会えていなかった。『なんだよ、ナポレオン。たまには返信しろよ』というメールが届いても、応答することができなかった。疲れ切っているということもある。だけどそれ以上に、ぼくは龍之介に何を話せばいいかわからなくなっていた。

すべてをあけすけに話せば、龍之介なら解決方法を教えてくれるかもしれない。頭ではそう理解していたけれど、口にはできなかった。理由は単純だ。変な会に参加していることを気味悪がられて、万が一にも関係がおかしくなるのがこわかったからだ。

その龍之介とついに会わなければならなくなったのは、お盆を間近に控えた頃だ。夏期講習の前期日程をようやく前日に終え、夕方、ぼくは久しぶりに学校のみんなと顔を合わせた。二週間後に迫った旅行の打ち合わせをするためだ。

サニータウン近くの第一公園に集まったのは、オガちゃんと、愛川くん。女子では相澤と酒井の二人の他に、井上さんも来ていた。

少しだけ日焼けした井上さんを見て、胸が音を立てた。ここにいるということは一緒に海に行けるということだろうか。そういえば、ラジオの件も解決していない。

龍之介は意地悪そうに笑っていた。その目を気にしたわけではないだろうけれど、「え、井上も行けるの？」とオガちゃんに尋ねられた井上さんは、大げさに手を振った。

「あ、ううん。違うの。私はやっぱり海には行けない。今日はたまたま相澤さんと酒井さんと遊んでたから、それで……」

風にかき消されて、井上さんの声はどんどん小さくなっていく。いつだってそうだ。自己主張をせず、誰かの陰に隠れている。風や、土や、草や、木と同じように、いつも景色の中に紛《まぎ》れている。

所在なげな井上さんを除いて、みんなは旅行の計画に夢中になった。九時半にバス停に集合して、最寄りの駅から相鉄線《そうてつせん》に乗って横浜駅へ。そこから京浜急行《けいひんきゅうこう》に乗り換えて、三浦海岸にはお昼前に到着する。龍之介の別荘に荷物を置いたら、海水浴だ。

「海では絶対に悪ふざけしないように」と、龍之介が盛り上がるみんなに水を差すことを口にするが、文句を言う者はいなかった。買い出しは愛川くんと相澤の二人が受け持ち、夕飯はお父さんが料理人だというオガちゃんと酒井が担《にな》うことなど、龍之介は次々とみんなに仕事を割り振っていく。龍之介でなかったらこうはいかない。全員この旅のリーダーは龍之介だと、口にしなくてもわかっている。

生まれてはじめての友だちだけの旅行だ。みんなの表情は輝いていたが、ぼくの心は浮き立たなかった。やっかいな問題が立ち塞がっているからだ。ぼくはまだ両親に旅行の件を伝えることができていない。

さすがに子どもだけでの海水浴は許されないと、みんなは「龍之介のお兄ちゃんが連れていってくれる」とウソを吐《つ》いているらしい。おかげで愛川くんと相澤は早々に許可を取りつけてきたし、親が厳しいというオガちゃんも涙まで浮かべてみせ、龍之介をお兄ちゃんに仕立てて電話までかけさせて、なんとか許しを得たようだ。

計画が持ち上がった頃は、ぼくも心配していなかった。何よりも龍之介が一緒なのだ。最初は渋るかもしれないけれど、父も、母も、最後は反対しないだろうと見積っていた。

でも、あの頃といまでは状況が違う。父は自分のことしか考えてないし、母は気づかぬフリをするのに必死だ。二人ともいまが正常と思っているはずないのに、そんなこと気づきもしないというように表面だけの会話をしている。その親が旅行のことをどう言うのか、見当もつかなかった。

浮かない顔をするぼくに、龍之介が敏感に気づいた。ぼくも龍之介に目配せした。やっぱり相談してみよう。「勉強会」のことも含めて、龍之介にどうするべきか聞いてみよう。

そんなぼくの切実な思いを打ち消すように、メールの受信音が鳴った。『そろそろ時間だぞ』という冷たい文面が目に飛び込んでくる。思わずカッとなり、ぼくは勢いに任せて返信する。

『なんの？』

すると、今度は苛立ったように着信音が鳴り始めた。「お父さん」という表示を確認して、ぼくはそのままカバンにしまう。どうせ勉強会の時間に決まっている。本当は聞かなくたってわかっている。

それから五分ほどして、同じように携帯を眺めていた井上さんがおずおずと声を上げた。

「あの、ごめん。私はそろそろ帰るね」

ぼくも重い腰を持ち上げる。

「ごめん。ぼくも帰る。用があるんだ」

龍之介に二度、三度うなずきかけて、「夜、必ず電話する」と頭を下げた。龍之介は弱ったように鼻をかく。

「とか言って、最近全然してこないじゃん」

「いや、今日は必ずする。話したいこともあるんだ」

「ハハッ。なんだよ、それ。コイバナか？」

龍之介がいたずらっぽく笑ったとき、再びカバンの携帯が鳴り出した。ああ、もう。うるさいな！　と、心の中で思い切り毒を吐く。今日こそは全部言おうと心に決めた。

いつまでもこんな状況には耐えられない。父には「勉強会に行きたくない」と、母には「もう少ししっかりして」と、そして二人に「旅行に行きたい」と伝えるのだ。

空が赤く染まり始めていた。ぼくの一番好きな時間帯。ほんのりとした温かい気持ちを抱きながら、ぼくはもう一度心に誓った。

帰り道、井上さんとの会話は弾まなかった。というよりも、二人ともほとんど口を開かなかった。両思いなんてウソなのだとあらためて思った。

二人で歩いているのが恥ずかしすぎて、結局無言のまま同じサニータウン内の井上さんの家の前まで来てしまう。

別れ際、井上さんは思わずといった感じで「あの、馬上くん……」と口を開いた。その表情は妙にすっきりしていて、それなのにはじめて見るほど力強くて、僕は一瞬目の前の女の子が井上さんじゃないような錯覚に襲われた。

「何？」

そう尋ねたぼくをじっと見つめてから、井上さんは「ううん、ごめん。なんでもない」と笑みを浮かべた。そして「じゃあ、またね」とつぶやいて、そのまま家へと消えていく。彼女の曖昧《あいまい》な態度は気になったけれど、ぼくはなんとか気持ちを切り替えた。

それから五分ほど前を向いて歩き、ぼくは覚悟をもって、家の戸を開けた。空気が張り詰めているのがすぐにわかった。その理由が、号泣するミッコの声であると気づくまでにはなぜか少し時間がかかった。

途端に重くなった足取りでリビングに入ると、父は顔を赤くしてあおるようにビールをのんでいた。テーブルの対角の位置で、母はメガネを外して大げさに頭を抱えている。

その二人のちょうど間、どちらにも一ミリたりとも寄らないような位置で、ミッコは天井を向いて泣いていた。「お兄ちゃん、私もうヤダ……」と、助けを求めてきたミッコに、ぼくはこくりとうなずき返す。

かわいそうに。ここ最近、家族の中で一番傷ついているのはたぶんミッコだ。夏休みだというのにぼくの塾のせいでどこにも連れていってもらえず、ずっと家にいて、両親がよそよそしく振る舞っている場面をミッコは誰よりも目にしている。

はじめ、ぼくは勉強会のことがついに母に知れたのだと思った。そして母が逆上し、父が居直っているものだと決めつけていた。でも、そうじゃないらしい。

「遅かったな。今日は大事な日だって言っただろう。早く準備しろ」

そう言って立ち上がった父を、ぼくは呆然と見上げた。この状況で、まだ勉強会に行くというのだろうか。これまでのようにコソコソするわけでもなく、どこか居直ったような態度も気になった。

うなるような母の声が耳を打つ。

「どこに行くのよ？　だから逃げないでよ。もうここにいられなくなるかもしれないって言ってるのに。私ばっかりこんなにつらい思いをさせられて……。あなたたちは毎日毎日いったいどこをほっつき歩いてるのよ！」

「ああ、もううるさい！　いい加減にして！」と、ミッコも金切り声を張り上げた。

父は二人の声など耳に届いていないかのように、「征人、今日は長ズボンを穿《は》け。いつもの格好じゃダメだ」と言ってきた。その命令口調に威圧されるように、ぼくは無意識に腰を上げていた。恨むような母の声が襲ってくる。

「あなたまで……。征人までお母さんを苦しめるつもり？　あなたの塾のことだって問題になってるの。あなたが行きたい私立中学のことだって問題なの！」

様々な思いが入り乱れた。何か言い返さなければと口をパクパクしていると、父が間に割って入った。

「とにかくいまは時間がない。続きは今夜にでも話そう」

母はいまにも泣き出しそうに頬を真っ赤に染めていた。それでもぼくはリビングを出ていく父を追うしかなかった。

まるで心を支配されてしまったようだ。心を奮わせて帰ってきたはずなのに、結局ぼくはただの一言も声を上げることができなかった。


父に言われるまま、ぼくはボーダーのポロシャツに、白の綿パンを合わせた。父もまた糊の利いたワインレッドのシャツの上に、麻のジャケットを羽織っている。

外に出ると、太陽はすっかり落ちていた。西の空がうっすら染まっているだけだ。夕暮れ時の、一番好きな空のあとに必ずやってくるさびしい時間。帷子川で暮れなずむ空を見上げながら「楽しいことが続かないことの象徴みたいだよな」と言ったのは龍之介だ。

父は無言でサニータウンのメインストリートを歩いていった。また笹原団地に行くのだろうと思い、黙ってついていくと、父は不意に立ち止まった。

まだ五分と歩いてなくて、サニータウンも抜けていない。ぼくはゆっくりと顔を上げ、周囲の景色を見渡した。気づいた次の瞬間には、全身の毛がさわりと震えた。目ん玉が飛び出しそうなほど驚いた。

インターホンに伸びていった父の腕に、ぼくは必死にしがみつく。

「もうやめてよ！　何なんだよ。ホントにもういい加減にして」

ぼくを見下ろしていた父の視線が、家の扉に注がれた。釣られるようにして、ぼくも表札に顔を向ける。

〈井上信二《しんじ》〉

ついさっき、ここで彼女と別れたばかりだ。なぜか井上さんの家のチャイムを押そうとする父に、ぼくは「お願いだから、お願いだから」と、ベソをかきながら懇願した。

父に願いは届かなかった。次の瞬間、ぼくは頭をハンマーで殴られたように目の前がちらついた。

肩までほどのサラサラした髪に、細くて長い首。触れれば折れそうな華奢《きゃしゃ》な身体に、目もくらみそうなほど色鮮やかな赤いワンピース……。

扉を開いたのは井上さんだった。ぼくはたまらずうつむいたが、はつらつとした、あきらかにいつもとは違う明るい声が周辺にこだました。

「やっぱり。声が聞こえたから。おじさん、お久しぶりです。お待ちしていました。それに馬上くんも。来てくれてありがとう」

父はふっと鼻で笑った。

「香か。もうみんな集まってるのか」

旧知の間柄のように、父が言う。

「はい。おじさんたちで最後です。桂木《かつらぎ》さんたちも来てますよ」

「怒ってるだろ」

「さぁ。私にはよくわかりません」

井上さんの肩に親しげに手を置いて、父は家に入っていった。僕は呆然と二人のやり取りを見つめていた。このとき、本当に唐突に、いつか聴いたラジオＤＪの声がよみがえった。

メールを読む低音の声が、途中から井上さんの声に変換されて頭の中に広がっていく。

『だけど最近、彼と話せそうなきっかけを見つけました。彼も気づいていると思います。うまく話せるかわからないけど、そのときは――』

ああ、そうか。きっかけってこれのことだったのかと、ぼくはやっと理解した。あの言葉だけが引っかかっていた。横浜市在住の〝赤いドレス〟は、井上さんで間違いない。龍之介の言うことは正しかった。ぼくたちは本当に両思いだったのだ。

ぼくは井上さんを凝視していた。この自信に満ちた女の子が、本当に井上さんなのだろうか。この子が本当にぼくの好きな子なのか。

「とりあえず入ろうか。話はあとで」

井上さんはポツリとつぶやき、はじめて照れくさそうに微笑んだ。その顔が門灯《もんとう》と重なり合ったとき、ふと井上さんの頭上に糸が浮かび上がったように見えた。もちろん目の錯覚に違いないが、井上さんが何者かに操られているように見えたのだ。

小さい頃にボンヤリと信じていた「神さま」の存在を、ぼくは生まれてはじめて否定的なニュアンスで捉えた。

見えない相手に大声で叫びたくなる衝動を、ぼくは唇を嚙みしめて押し殺した。


サニータウンは集合住宅型の棟群と、六十戸ほどの一戸建て型とにわかれている。色や形はほとんど統一されていて、中の造りもそう変わらない。

井上さんの家は一戸建て型で、ぼくの家とほとんど同じ構造だった。いつもは家族四人で過ごしている十二畳のリビングに、二十人以上の人たちが集まっている。

それだけで充分驚くべきことだったのに、ぼくはそこにあまり気が回らなかった。何よりも目を引いたのは、リビングの壁に貼られたナポレオン・ボナパルトの肖像画と、三つの星が描かれた二メートル四方くらいの巨大な旗だ。

『信星新聞』の題字の下にも同じ模様が描かれている。モノクロで印刷された新聞とは違い、中心の星が真っ赤に塗られた実物は、心の奥底を刺激する激しさがあった。

不思議な出来事はさらに続いた。普通、勉強会は家主が仕切っている。今日だったら口ヒゲを蓄えた井上さんのお父さんがリードするはずなのに、いきなり父が体育座りするみんなの中心に立ったのだ。

会自体はいつもと変わらなかった。三十分に及ぶ「座行」と呼ばれる黙想から始まり、全員で声を合わせて叫ぶ「革命講話」まで。勉強会では大人と子どもの区別はない。照れた様子もなく、敬語も使わず、井上さんも瞳孔を開いて、大声で「革命だ、革命だ！」と口にしていた。

講話が終わると星印の旗の前に父が立った。

「井上さんから新しいブロック長にという話をもらったのは、三ヶ月ほど前だった——」

父は井上さんのお父さんに目を向けた。井上さんのお父さんも受けて立つようにうなずいた。

「俺なんかにこのブロックを仕切る力があるのか、正直にいえば自信はなかった。だからこの三ヶ月、俺は自分にノルマを課した。別地区のものも含め、可能な限り息子と勉強会に参加しようと思ったんだ。その結果、力がついたとは思わない。しかし、いまのこの腐った会において、微力ながら自分が何かの役に立てるのではないかとは感じた」

腐った会、という言葉に、敏感に顔をしかめた人がいた。気にする素振りも見せず、父は続ける。

「俺にその資格があるとみんなが思ってくれるなら、ブロック長の役を全《まっと》うさせてもらいたい。みんな、本当についてきてもらえるか？」

淡々と、でも地を這うような声で父が問いかけると、拍手が湧いた。その合間を縫うように、爆発的な声が飛ぶ。口を開いたのは井上さんのお父さんだ。

「新ブロック長に問う！　汝《なんじ》、いかにして民を救うのか！」

父は一瞬驚いた表情を見せたあと、弱ったように微笑んだ。

「我に秘策なし。ただ愚直《ぐちょく》に前進あるのみだ」

先ほどよりも温かい拍手が二人を包み込む。でもそのとき、水を差すような声が円の後方から飛んできた。さっきから憮然《ぶぜん》としていた人だ。

「一つ聞きたい。お前は子どもを勉強会に連れ回すだけで、女房一人も救済することができてないよな？　今後の展開を教えてほしい。ブロック長の家で勉強会を開催することもできないなんて、そんな不細工な話は聞いたことがない」

再び部屋の空気がガラリと変わった。「あの人が桂木さん」と、井上さんが耳もとで教えてくれる。

「一個前のブロック長だったんだけど、だらしないからって、うちのパパが強引に引きずり下ろしたの」

「そ、そうなんだ」と応えながらも、井上さんとの距離が二十センチくらいしかなくて、ぼくはドギマギした。

井上さんはいきなりぼくの手をつかみ取った。

「外に出よう。これからのやり取りは子どもは見ない方がいいって、ママが」

言われるまま、ぼくは静かに立ち上がった。目を向けると、父は大きく目を見開き、桂木という人を睨みつけていた。

冷房の利いた室内から外に出ると、湿っぽい汗が噴き出した。それでも中よりもずっと開放的で、ぼくは深く息を吸う。

井上さんは空を見上げながら、独り言のようにつぶやいた。

「私ね、たまにすごくさみしくなるときがある。なんか孤独っていうか、自分だけ置いてきぼりにされちゃった気持ちになるときがあって」

胸がとくんと脈打った。それはここ最近、ぼくが感じていることとまったく同じだ。「あの、井上さん……」という声は、でも彼女の耳には届かない。井上さんは微笑み、淀みない口調で続けた。

「勉強会に参加しているときだけは生きている心地がするの」

「え……?」

「ここにいるときだけは友だちの目とか、周りの意見とか気にしなくて済むから。自分の心のままにしゃべることができるんだ」

相澤や酒井のことを指して言っているのは理解できた。ぼくをちらりと見やり、井上さんは肩を揺する。

「私ね、学校のみんなのことがすごく幼く見えるときがあるよ。つまらないバラエティ番組の話とか、アイドルグループのこととか、男の子の話ばっかりしててさ。そんな子たちがなぜかクラスの中では偉そうな顔してて。何もわかってないくせにって。意地悪だなぁ、だったら救済してあげればいいのにって、馬上くんは思うかもしれないけど、あの子たちには何を言っても伝わらないと思うの。会の人たちは、そういう人こそ救済しなきゃいけないって言うけど、でも私はそれってただの理想論だと思うんだよね。生きる価値観の違う人たちには、結局何を言っても伝わらないと思うんだ」

ね、馬上くんもそう思うよね？　と、井上さんは同意を求めてきた。ぼくには答えようのない質問だ。ぼくは勉強会に否定的だ。何をそんなに不快に思うのか自分でもわからないけれど、大人たちが肩を組み、涙まで流す光景は、やっぱり普通とは思えない。

言葉に詰まるぼくをどう見たのか、井上さんは答えを待たずに口を開いた。

「あの子たちから見たら、きっと私たちの方が普通じゃないんだろうね。正しくないものが幅を利かせて、正しいものが少数派に追いやられて。その結果、私たちが違うものになっちゃった。周りの意見ばっかり気にして、主流派の声にばかり敏感でさ。クラスの中の私たちの立場って、本当にこの社会における会そのものだと思うんだ。主流派の方がおかしいって誰も気づけてない。ううん、本当はみんな気づいているのに、こわくて誰も声を上げられない。臆病《おくびょう》なんだよ、みんな」

言葉がじんわりと胸に染みる。思い当たる節はあった。ぼくだって学校ではみんなの目を気にして過ごしているし、家の中にいても親の機嫌の良し悪しにビクビクしている。

誰かの、誰かに対するイタズラがイジメとの境界線を越えていると認識しても、それを咎めることができないのは、次に自分が標的にされるのがこわいからだ。あきらかに父が理不尽だと思っても、そう主張することができないのは、もっと不機嫌になられるのがこわいから。

どうして思うままに行動できないのだろうと、うんざりすることも少なくない。臆病なんだという井上さんの意見は、きっと正しいのだろうとも思う。

でも一つだけ、ハッキリと納得のいかないことがある。井上さんが口にするその正論を、つい最近、ぼくはどこかの勉強会で違う誰かから聞いている。

ねぇ、それって本当に君の言葉——？

爛々と瞳を輝かせてしゃべる井上さんに、ぼくは尋ねてみたくなった。本当に君が感じて、口にしている言葉なの？　だとしたら、どうしてぼくはこんなに納得できず、それどころかさみしい気持ちにさせられるの？

井上さんは見えない教科書を読み上げるように、延々と話し続けていた。迷いのない表情で「社会における」とか「この国の」とか、現実味を感じないことばかり口にする。黙って耳をかたむけながらも、今日はよくしゃべるなぁ、とぼくは他人事《ひとごと》のように思っていた。

結局、価値観の違う人には何を言っても伝わらない。正反対の立場から、ぼくは井上さんと同じことを思った。

じゃあ、もう井上さんのことを好きじゃないの？　という質問には、でもうまく答えられる気がしなかった。

布団にくるまり、電話しなきゃと思いながらも、何から話せばいいかわからなくて、携帯とにらめっこをしながらウトウトしていたら、逆に龍之介からのメールが着信した。

『ナポレオン、もう寝た？　なんか井上からナゾの電話がかかってきて、さっきまで話してた。女の電話って長《なげ》ぇよな！　でも喜べ、ナポレオン。井上、海に来るらしいぞ！　お父さんの許可が出たんだって。急にナゾだよなぁ』

今夜のことを知らない龍之介には、たしかに「ナゾ」な出来事に違いない。でも、ぼくは理由を知っている。勉強会を終えた井上さんのお父さんに「お前が征人か。いい面構えしてるじゃないか」などと声をかけられていたからだ。ぼくも一緒だからということで、たぶん井上さんは許可を得た。

どう返信したものか悩んだけれど、なんだか何もかも面倒くさくなって、ぼくは覚悟も決めずに返信した。

『ナポレオンを神さまみたいに扱う団体って知ってる？』

龍之介の返信はすぐに来た。

『は？　なんだよ急に。一信会のこと？　宗教だろ？　まさかナポレオンつながりで入信しようとしてるとか？（笑）』

そのまた五分後に『おーい、またシカトかよー！』というメールが入っていたが、ぼくはすでにネットで「一信会」を調べるのに夢中になっていて、気づくこともできなかった。

「一信会」は巌竹虎《イワオタケトラ》を十四代目の代表とする、文部科学大臣所轄の宗教法人である。

一八八九年に初代代表・月影佐勝《ツキカゲサショウ》によって創設された社会活動互助会「一信のともしびの

会」が前身。三代目代表・陽深甚によって「一信会」として立教し、一九五一年に宗教法人法が施行されると、その翌々年に宗教法人として認可される。

総本部を月影の生まれ故郷・神奈川県秦野《はだの》市に置くが、現在、実務の多くは東京都港区南《みなみ》麻布《あざぶ》の東京総本部にて行われている。日本のみならず世界各所に本部が置かれ、その数は五十八カ国、計二百三十カ所に上る。

信徒の数は全世界で四千八百万人を超えると言われており、発行している日刊紙『信星新聞』は国内第三位の部数四百二十万部（公称）を誇る。

初代代表の月影が禅宗系の敬千宗《ケイセンシュウ》の檀家《だんか》だったこともあり、立教後しばらく両者は良好な関係で結ばれ、一信会においても座禅が実践されていた。しかし、一信会の規模が拡大するに従い、関係性は悪化。現在は仏教全般と対峙《たいじ》する立場をとる。

座禅から派生したといわれる「座行」を修行の一環として行っている。

信徒は地区ごとに割り当てられた「ブロック」を一つの「家族」と見立て、また代表である巌竹虎を「父」と仰ぐ。

割り当てられたブロックごとに「勉強会」を開催している。各家族は「革命」を旗印に掲げ、勉強会では「革命講話」と呼ばれる儀式が行われている。

偶像崇拝を否定していながら、巌が幼少期に憧れていたフランスの軍人、ナポレオン・ボナパルトを「革命」の象徴として仰ぐ。一信会が「革命」を標榜《ひょうぼう》するようになったのは、巌が代表に就いてからのことである。

「救済」と呼ばれる強引な勧誘法はかねて社会問題となっている。訴訟は引きも切らず、一信会は今も多くの裁判を抱えている。

「ねぇ、お兄ちゃん。お母さんたちまたやってる」

寝ていると思っていたミッコの声が、ぼくを現実に引き戻した。あわてて携帯を枕の下にしまい、耳を澄ますと、母の声が聞こえてきた。自然とため息が一つ漏れる。次から次へと問題の降りかかってくる夜だ。

ミッコに「寝てろよ」と告げて、ぼくは布団をはいだ。慎重に階段を下りて、息を殺してリビングに近づく。

「黙ってないで何か答えてください」

母は父に敬語を使っていた。怒っているときのクセだとぼくたちは知っている。

「だから、待たせとけばいいって言ってるだろ」

父は小声で応じたが、母は小馬鹿にするように鼻で笑った。

「何を悠長なことを……。銀行はもう待ってくれませんよ。最近じゃ電話するたびに、『あ、例の……』という感じで対応されているんです。あと十日で滞納した分なんて、どう考えても用意できません。ローン、どうするおつもりなんですか」

ここ最近、母はお金のことばかり話している。いや、母は昔から何かというとお金のことで父を責めていた。家のローンの返済は大変で、自分が働かないと生活だって回らない。征人と美貴子の面倒を見てあげたいのに、そうすることもままならない。そんな言葉で父を責めているのを見たことが何度もある。

だからというわけではないけれど、これまで結局なんとかなってきたように、今回もどうにかなるのだろうと思っていた。けれど……。

たしかに父はもう三ヶ月以上仕事をしていない。母のパート代だけで生活しているのは考えてみれば不自然だ。退職金だって取り戻してはいないのだろう。

「この家を手放すんですか？　破産でもするおつもりですか？」

冷たい声が胸に突き刺さる。母特有の大げさな言い回しだと思いたかったが、そうじゃないという不安は消えなかった。

しばらくの沈黙のあと、父は諦めたように息を吐いた。

「任意売却、という手もあるみたいだ」

先ほどよりもさらに切迫した静寂が立ち込めた。父の言っている意味はよくわからない。何かを断ち切るように父は続ける。

「家を手放すことは前から考えていた。俺は家になんて縛られていたくない。家のために生きているわけじゃない」

父の声は尻上がりに大きくなっていく。口を挟むことを許さないといった口ぶりだ。

「そんな極論を……。ねぇ、ちょっと待って。じゃあ、私たちはどうしたらいいのよ？　征人は？　ミッコは？　あの子たちはどこで暮らせばいいんですか」

母は切り札とばかりにぼくたちの名前を出したが、父に怯《ひる》む様子はない。

「住むところなんてどこでもいい。この街には立派な団地だってある」

「ちょっと、お願いだからやめて。団地だなんて、なんで急にそんなことに……」

「急じゃない。このままじゃダメだってずっと思ってた。こんなブルジョワな暮らしをしておいて、俺に市民を救済なんてできるのか」

「ちょっと、本当にやめてください。救済って……、あなたはなんの話をしてるの？　お願いだからやめて」

「このままじゃダメなんだ。どうにかしなきゃいけないって、俺はずっと――」

「だからやめてって言ってるでしょ！　本当に……、本当になんの話をしているの！」

母はそのまま泣き出した。テーブルが揺れる大きな音が聞こえる。母が突っ伏している絵が目に浮かぶ。

もちろん母に落ち度はない。変な活動に入れあげたのは父の方だし、家族に冷たく当たっているのも父だ。

でも、母がずっと見て見ぬフリをしていることを、ぼくたちは知っている。もし本当にぼくやミツコのSOSに気づいてなかったのだとすれば、それはちょっと鈍感すぎるし、あまりにも無責任だと思う。ぼくはむしろ母に対して憤りを覚える。

家の中にヒリヒリとした時間が流れた。沈黙が少し続いたあと、どこか覚悟を秘めたような母の声が響いた。

「あなた、まさかまた例の活動を始めたんじゃないでしょうね。征人をあのバカな会合に連れ回してるんじゃないでしょうね」

ぼくは小さく息をのむ。見ないフリを決め込んできたことを、母はついに切り出した。

「結婚する前、あなた約束しましたよね。もう二度とあの活動には手を出さないって、家族を巻き込むことはしないって。あなたのお母さんもわたしにハッキリと言いましたよ。浩一《こういち》はもう会の活動から離れてるって。だから安心して嫁いできてくれって、あなたも、お義母《かあ》さんも言ったじゃないですか。あなたたちはその約束を破るんですか！」

上大岡のおばあちゃんが「一信会」の会員であることを、ぼくもうすうす気づいていた。はじめて家に『信星新聞』が届けられたとき、その題字の下にあった三重星のマークを見て、どこかで見たことがあると思った。なんのことはない。おばあちゃんの家で見ていたのだ。和室の仏壇の脇に同じ模様が刻まれている。

「あの新聞を取るときだって、あなた『知り合いに頼まれたから』って言いましたよね。本当はもうあのときには活動を始めていたんですか？　いつからあなたは私たちを騙《だま》してたんですか？」

「騙してたなんて、そんな言い方……」

「いいから答えてくださいよ。家にお金も入れず、仕事もしないで、いつからあのくだらない活動に入れあげていたんですか！」

背後にふと人の熱を感じた。振り向くと、枕を抱いたミッコがいた。ミッコは目を見開いたまま微動だにしない。父の声が聞こえてくる。

「あの事故に遭ったとき、俺は久しぶりに自分の生きる意味を考えた」

母の言葉を待たず、父は続ける。

「俺は誰にも恥ずかしくない生き方をしているかって、俺の人生にウソはないかって、何度も、何度も自問した。会の人間が久しぶりに連絡をくれたのは、横浜中央病院に転院した頃だった。仕事のこととか、金のこととか、生き方のこととか、俺はいろいろなことをその人に相談することができた。いまこそだってそいつは言ってた。いまこそお前の苦しみを会に還元するときだって。いまのお前にこそ、市民を救済する力があるって」

小さな間を作って、父は柔らかい声で最後に言った。これまで聞いたことのないような、本当に優しい声色だった。

「救われたんだ。俺はあの一言に本当に救われた」

母は断じてそれを受け入れようとしなかった。「何が市民よ。救済よ。ブルジョワな生活だなんて、こんな程度の暮らしで聞いて呆《あき》れる」とこぼし、すぐに爆発するような大きな声を張り上げた。

「私は絶対に許しませんから。それでも活動を続けるというのなら、この家を手放すというなら、もう一緒にいられる自信はありません」

「でも、俺は二度と会を裏切れない」

「だったら、あなたとは別れます！」

そのとき、ミッコがぼくの前を通り過ぎた。「おい！」と引き留めたぼくの腕を振り払って、リビングのドアに手をかける。寒々しい蛍光灯の光が、暗い廊下に差し込んだ。驚く目を真ん丸に見開いた母と、疲れ果てたような父の表情が、同時に目に飛び込んだ。

二人にかまわず、ミッコはなぜか半笑いで言い放った。

「だから離婚は許さないって言ってるじゃん。しつこいよ、二人とも」

ぼくも飛び出していって、落ち着かせるようにミッコの肩に手を置いた。

「わかったから。もうわかったから。いいから部屋に戻ろう」

そう言ったぼくにも、ミッコは冷たい視線を向けてくる。妹の目には、ぼくも臆病者に見えているのだろうか。ハッキリと兄を蔑《さげす》んでいるのが理解できた。

だからだろう。ミッコを部屋に連れていき、ぼくも無理やりベッドに横たわったが、心がじくじくと痛み続けた。ミッコの寝息が聞こえてくると、僕は導かれるようにベッドから出て、もう一度リビングへ向かった。

そしてうつむき加減で向き合う両親に、勇気を振り絞って口を開いた。

「ぼくもこんなことで離婚なんてしてほしくない。家なんかどうでもいいし、受験なんかしなくていい。お金だってどうでもいいから、昔みたいにみんなで仲良く暮らそうよ。もうこんなのおかしいよ。誰も幸せになってないよ」

クリスマスの、初詣の、従兄《いとこ》のお兄ちゃんの結婚式の……。楽しかったいくつもの思い出の中に、いろいろな神さまがたしかにいた。ぼくはその存在を特別意識はしなくとも、決して嫌悪はしていなかったはずだ。なぜなら、それらの神さまはいつだってみんなを笑顔にしてくれたから。

でも父の信じる神さまは、この家のいったい誰を幸せにしてくれているのだろう。父が活動を始めた頃と、家の中に不穏な空気が渦巻き始めた時期とが一致しているのは間違いない。どこにでもある、普通の家族だったはずなのに。父の信じる神さまさえいなければ、絶対にこんなことにはならなかった。

いまにも涙がこぼれそうだった。それを必死に我慢しながら、ぼくは思った。神さまなんていなきゃいい――。

そう心の中で唱えたとき、二人と向き合うこわさが不思議と消えた。

「お父さんさ、会を裏切らないのは勝手だけど、ぼくたちのことも裏切らないで。もうぼくは勉強会に行きたくない。あの集まり、ぼくは大嫌いだ」

「いや、でも、それは……」と口籠もった父を無視し、今度は母に目を向ける。

「それから、お母さんもズルいよ。二言目にはぼくたちを理由にしてさ。なんでもかんでもぼくやミッコのためみたいに言わないで。自分の意見をちゃんとお父さんにぶつけてよ」

そして、ぼくは呆《ほう》けた顔をする二人に言い切った。絶対にこのタイミングじゃないと頭で理解しながら、だけどいま言わずにはいられなかった。

「来週、ぼく学校のみんなと旅行にいくから。一泊だからね。ぼくが決めたことなんだ。反対されても行くからね」

二人の返事を待たず、二階へ上がり、今度こそぼくは頭から布団をかぶった。いまさらながら再び全身が震え始め、その震えはさっきの比じゃないくらい激しくて、懸命に歯を食いしばっていたら、涙でかすれたミッコの声が耳を打った。

「お兄ちゃん、ありがとう」

礼を言われる覚えはないと思ったけれど、何も答えることができなかった。ミッコも返事を待たなかった。

「その旅行、ミッコも一緒に行っちゃダメかな？　お兄ちゃんがいなかったらこんな家にいたくない」

いつもだったら、絶対に「ダメだ」と答えたと思う。いや、そもそもいつもだったらミッコの方から言ってこない。

ミッコはどれくらいこの家の現状を理解しているのだろう。お父さんが宗教活動に入れあげていることは？　母がそれに猛反対していることは？　家のローンが滞っていることは？　家を出ていかなければならないかもしれないことは？　家族がめちゃくちゃになっていることは？　この妹はどれくらい理解しているのだろう。

「いいよ。明日、龍之介に聞いてやる」

「ホント？」

「うん。だから安心してもう寝ろ」

そうつぶやくと、ミッコはささやくように「ありがとう」と言った。ぼくだけはしっかりしていなければと思った。恥ずかしいから絶対に口にはしないけれど、何があってもぼくがミッコを守るのだ。

そう心に誓いながら、ぼくは枕の下の携帯を手に取った。

『明日、ヤルキ森で会える？　最近あったこと、全部話す』

夏の虫がうるさかった。リビングの様子も気になった。でも血の巡りがおさまっていくのが自分でもわかって、なんとか耐えていられた。

気づいたときにはミッコの泣き声は止んでいた。龍之介からの返信を待って、ぼくも静かに目を閉じた。

5

小川の音が優しく耳に触れている。木々が灼熱の太陽を遮《さえぎ》り、虫の鳴き声も心地好い。サニータウンの裏手という立地がウソのように、ヤルキ森の空気は澄んでいる。

「龍之介、いきなり聞きづらいこと聞くけど、いい？」

龍之介はおどけたような笑みを浮かべたが、ぼくは笑わなかった。大げさでなく、ここを乗り越えられなければぼくたちの友情にひびが入ると覚悟していた。

だから、ぼくがツバをのみ込んで、「龍之介って、何か宗教って信じてる？　信じてる神さまとかっている？」と尋ねて、一瞬の沈黙のあと龍之介が「なんだよ、それ。いるわけねぇじゃん」と笑い出したとき、ぼくは安堵を通り越して、その場にへたり込みそうになった。

「なんでいきなり宗教なんだよ。昨日からそんなことばっかり言ってるけどさ。俺が神さま信じてるなんて、そんなのあり得ないよ」

龍之介はよく笑った。ぼくは鼻先が熱くなるのを自覚しながら、いま家で起きていることのすべてを話した。誰をかばうわけでもなく、だからといって誰かを裁くつもりもなくて、ただ本当に、一つたりとも余《あま》すことなく、龍之介に聞いてもらった。

話し始めると、龍之介はみるみる表情を曇らせていった。「征人」という名前の由来には眉をひそめ、毎晩のように勉強会に連れ回されているという話には目を見開き、井上さんのことにはウンザリしたような表情を浮かべて、そして昨夜の一件を話したときには悲しそうに空を見上げた。

もっとも伝えづらかったのは井上さんのことだった。家族のこととは違い、他の家の内情まで突っ込んでいいのか自信がなかった。

ずっと黙って聞いてくれていた龍之介も、まずその点を言ってきた。

「あの井上がね。たしかにあいつちょっとエキセントリックなところあるもんな」

「エキセントリックって？」

「なんていうか、少し突っ走り気味なとこあるじゃん。べつにそれだけが理由とは思わないけど、昨日の夜の電話だってちょっとすごかったもん」

「井上さん、なんだって？」

あまり聞きたくなかったが、沈黙の方がこわくてぼくは尋ねた。

「べつに。昨日お前にメールした通りだよ。一緒に海に行くことができる。お父さんが許してくれた。すごく嬉しいって。その繰り返し」

龍之介は難しそうな顔をして、大人がするように腕組みをした。結局、ぼくたちの間に静寂が割り込んでくる。正確には虫が鳴き、木や葉が風に揺れていたけれど、ほとんど耳に入らなかった。

「ぼく、どうしたらいいと思う？」

うつむき加減で質問しても、龍之介は考えるのをやめようとしない。その心の内が読み取れなくて、不安になったが、龍之介は何かに合点がいったように表情を輝かせた。

「ああ、そうだ。思い出した。『お茶漬の味』だ。ずっと名前が出てこなかった」

「え、何？」

「いや、小津の映画でそういうのがあるんだよ。あんまりメジャーじゃないんだけど、かなり傑作」

ぼくは思わずムッとする。この状況で映画の話なんて聞きたくない。どこか間の抜けたタイトルも不快だった。その小津という人はどういうつもりなのだろう。前回はたしか『秋刀魚の味』だったはずだ。

むくれるぼくにかまわず、龍之介は嬉しそうに目を細める。

「簡単に言うと、とある夫婦の価値観の違いについての話なんだ。夫は田舎の出身で、地味な人。妻は上流階級の出で、派手好き。ひょんなことから二人は結婚するんだけど、生活はうまくいかない。夫は清貧《せいひん》を正義としていて、妻は消費を美徳としている。お互い信じているものが違う。そんなのうまくいくわけない」

腹を立てていたのを忘れ、ぼくは龍之介の話に引き込まれた。龍之介はおそらく意識してこの言葉を使ったはずだ。信じているものが違う――。

ここ最近、会に参加する父たちを見ていて、モヤモヤとしたものを感じていた。それが何か、ずっと言葉にすることができなかったが、その答えも龍之介の言葉の中にあった。「正義」という単語に思うことは少なくない。

「大丈夫か、征人？」

久しぶりに龍之介から名前で呼ばれ、我に返った。龍之介は、なぜか泣き出しそうな表情を浮かべている。

「ごめんな、征人。俺、全然気づいてやれなかったよ。お前からSOSのサインってたしかにずっと出てたよな。なのに、連絡がないって文句言ったり、みんなと一緒に変なあだ名で呼んじゃったりして。ホントにごめん」

龍之介が本当に申し訳なさそうに頭を下げたとき、身体のどこかでずっと凍りついていたものが溶け出していくような感覚を抱いた。

次の瞬間、ぼくは自分でも気づかないまましゃがみ込んで、両手で顔を覆っていた。泣きたくないと思うほどに、目頭がぎゅっと熱くなる。

「お前だってもっと早く言ってくれれば良かったんだぜ。一人で抱え込みやがって」

そう言う龍之介の言葉は嬉しかったが、でも……と、ぼくは首を振った。でも、やっぱりこわかった。

必死に涙をこらえていたぼくの肩に、龍之介が手を置いた。

「まだ小学生だから――。そんなふうに思ってたら絶対にのみ込まれるって、俺は三年生のときからずっと思ってた」

二人の間に木漏れ陽が差し込む。見上げると、杉の木が風に吹かれてさざめき合い、その先に太陽が見え隠れしている。

釣られるように龍之介は顔を上げたが、その表情は変わらない。

「甘えるなよ、征人」

「え、何？」

「親だから自分と同じ考えだなんて思ってたら、痛い目に遭うからな。あの人たちはあの人たちで必死に自分の人生を生きてるだけだ。それと同じように、俺たちもがんばって生きていかなきゃいけないんだ。少なくともお前には俺がついてる。いつかお前が俺を助けてくれたように、今度は俺が助ける番だ。だからもう甘えるな。俺たちは大人にならなきゃいけないんだ」

もちろん征人のお父さんが戻ってきてくれることは願ってるけど。最後にそうつけ足して、龍之介は照れくさそうにはにかんだ。

「三年生のときから」と聞いたときに、予感はあった。「お前が助けてくれたように」という言葉に、確信した。

龍之介はあの夜のことを言っている。二人ともまだ三年生のクリスマスイブだった。龍之介が泣きじゃくるのをぼくが目にした、最初で、いまのところ最後の夜だ。

おいしそうな料理を前に「早く始めようよ」と、ぼくはもうはしゃいでいた。「私だってお腹ぺこぺこ」と、食器を楽器のようにお箸《はし》で鳴らしながら、この日が誕生日のミッコも同調した。

父はどこか居心地が悪そうにしながら、ぼくたちの様子を眺めていた。母は一人キッチンで忙《せわ》しなく動いていた。ぼくの家では普通の家族程度に、当たり前のクリスマスイブを迎えていた。

はじまりの時間を告げるように、オーブンが音を響かせた。母が顔をほころばせながら大皿を運んでくる。ダイニングテーブルの真ん中に湯気の立つチキンが陣取った。

「わぁ、すごい。ミッコが切る！」

まだ一年生だったミッコがナイフとフォークを手にした。それを父が「十年早い」と奪い取り、ふて腐れるミッコに笑いかけながら、ゆっくりとナイフを入れていった。家のチャイムが鳴ったのは、みんなが料理にフォークを伸ばそうとしたときだった。

こんな日になんだよと思いながらドアを開くと、なぜか龍之介が半笑いで立っていた。顔を出したのがぼくだとわかると安心したように微笑み、「よう」と手を振り上げた。

「は？　何やってんの？　一人？」

そう問いかけながらも、ぼくは龍之介が手にしている携帯電話に目を奪われた。龍之介は目ざとく視線に気づき、「いいだろ？　クリスマスプレゼント」と笑った。

「なんだよ、それ。自慢かよ」と答えたものの、龍之介が普通じゃないことはわかった。目はあちこちに泳ぎ、身体は落ち着きなく揺れ続け、何よりも口にする言葉がおかしすぎる。

「いや、ちょっとちび太の顔が見たくなって」などとドラマのようなことを口にして、本当に「それじゃあ」と立ち去ろうとするのだ。

「いや、ちょっと待ってよ」と、ぼくもまたドラマのように龍之介の肩に手をかけた。振り返った龍之介の瞳がなぜか真っ赤に潤んでいた。

思わず怯みそうになったぼくから目を逸らし、龍之介は肩を落とした。

「なんか、ごめん。せっかくのクリスマスなのに。しかもミッコちゃんの誕生日に。俺、プレゼントも持ってきてないし、ごめん。ホントに帰る」

そう言って肩にかけた手を振りほどこうとする龍之介に、ぼくは質問した。

「家、誰もいないの？　一人？」

「うん」とも「いいや」とも答えようとしない龍之介を、もちろん一人で帰すことなんてできなかった。家族に事情を説明して、龍之介を家に招き入れた。母も父も龍之介のことは大好きだし、ミッコは手を叩いて喜んだ。

「今年はいいね！　みんないるし、リュウちゃんも一緒だね」とベタベタとなつき、気づいたときには龍之介から笑顔を引き出していた。

母は折を見ては席を外し、龍之介の家に電話をかけていた。でも声が聞こえてこないことを思うと、やはり家には誰もいないのだろう。

父は父で気を遣うのか、しきりに「おい、龍之介」と話しかけていた。龍之介の前で受け取るのはイヤだなと思っていたプレゼントも、ミッコの誕生日分は出てきたけれど、ぼくのものは結局最後まで出てこなかった。

よく食べて、よく笑って、会が終わったときには二十一時近くになっていた。

「ねぇ、今日は龍之介の家に泊まっちゃダメ？」

そう尋ねたぼくに、母は難しい顔をした。「お願いだよ。あいつを一人にしとくのかわいそうだよ」と畳みかけると、意外にも父がまず許してくれた。

「まぁ、明日は土曜だし、いいんじゃないか。たしかにこんな日に一人で寝るなんて、俺だって悲しくなるよ」

それでも母は困ったように眉間にシワを寄せていたが、しばらくすると諦めたような笑みを浮かべた。

「今日は特別だからね。二人とも、これが当たり前だと思うんじゃないわよ」

ぼくは母にお礼を言って、「私も行く！」とやかましいミッコには「お前は寝とけ」となんとか諭し、「ホントにいいのかよ？」と最後まで申し訳なさそうだった龍之介の肩を叩いて、二人並んで家を出た。

子ども同士でこんな遅くに街をほっつき歩くなんてはじめてだった。それがすごく特別なことである気がして、「せめて家まで送っていく」と譲ろうとしなかった母を説き伏せられて良かったなと心から思った。

龍之介の口数は極端に少なかった。ぼくも無理して話しかけようとは思わなかった。吐く息は煙のように真っ白で、でもあっという間に宙に消える。そんなことがおかしくて、タバコを吸うマネをしては龍之介を笑わせた。

五分くらいで家に着いて、ソファに腰を下ろすと、龍之介は「ウバと、ダージリン。どっちがいい？」と尋ねてきた。

それが何なのかさえわからなくて、首をひねると、龍之介は苦笑して「紅茶。ま、どっちでもいいか」と勝手に決めつけ、キッチンへ消えていった。

龍之介が部屋からいなくなると、テーブルの上の携帯電話が気になった。ぼくはなんの気なしに手に取り、ボタンを押した。

メールを覗いてしまったのは、本当に偶然のことだった。加えて言うと、「他人の携帯を見ちゃいけない」というルールが、このときのぼくにはまだなかった。

『龍ちゃん、ごめんね。お母さん、今日はやっぱり帰れそうにありません。お父さんが夕方までに戻ると思うから、二人で食事をしてください』

お父さんからのメールはその一時間後に送られてきていた。

『すまん。龍之介。仕事が長引きそうで、今日は帰れなそうなんだ。一人で大丈夫か？』

そしてその十分後に、再びお母さんからのメール。

『龍ちゃん、ごめんね。お父さんには私からきつく言っておきました。お母さんいままだ京都にいて、どうしても戻れそうにないの。いつもの戸棚にお金は入ってるから、それで好きなもの食べてくれる？　本当にごめんね。帰ったらクリスマスしようね』

その後、家族でどのようなやり取りがあったのかはわからない。ぼくはいけないものを見てしまった気がして、あわてて携帯を閉じた。

「はい。熱いから気をつけて」

龍之介からカップを受け取り、ぼくたちはソファに並んで大画面のテレビを見た。画面の向こうで有名なお笑い芸人がサンタクロースの格好をしてはしゃいでいる。

ボーッとしていて何がおかしいのかまではわからなかったけれど、その笑顔に張っていた気持ちがゆっくりと緩んでいった。

「カッコいいよね、この人」

龍之介が画面から視線を逸らさず、思わずというふうにつぶやいた。

「カッコいいの？　おもしろいんじゃなくて？」

ぼくの質問に、龍之介は驚いたように目をしばたたかせ、少しすると仕方がないという感じでうなずいた。

「だってホントはつらいことだってあるはずなのに、絶対にそれを見せないじゃん。俺もこんなふうになりたいよ。みんなの前では笑ってたい」

そう笑って口にする龍之介のことが、なんだかいつになく弱々しく見えた。吹けば倒れてしまいそうなのに、必死に耐えて身体を支えているようだ。

「ねぇ、龍之介。なんか映画観ようよ。おもしろいのない？」

だからというわけではないけれど、ぼくの方から提案した。龍之介は眉をひそめて「眠くないの？」と尋ねてくる。

うなずいたぼくを見て、龍之介は本当に嬉しそうに顔をほころばせた。そして持ってきた七枚ほどのDVDから、ぼくは『スタンド・バイ・ミー』を選択した。

もちろん内容なんて知らなかったし、タイトルから想像することもできなかった。ただ「これって『グーニーズ』に似てる？」というぼくの質問に、龍之介が「まぁ、似てるっちゃ似てる」と答えたからだ。

そうして観た『スタンド・バイ・ミー』が『グーニーズ』に似ているとは思わなかった。だけど、ぼくたちは昔から冒険に憧れていた。宝探しとは違うけれど、死体を見つけるために線路を歩いていく男の子たちに、感情移入するのは簡単だった。

異変があったのは物語がクライマックスに差しかかった頃だ。覚悟を決めて川にかかる陸橋を渡ることを決めた主人公たちに、運悪く列車が近づいてくる。

そんなシーンに手に汗握っていると、前触れもなく「グスッ」という音が響いた。ゆっくりと横を向くと、体育座りをする龍之介がひざに置いたクッションに顔をうずめ、声を上げて泣き始めた。

ぼくは反射的にリモコンを取り、テレビの音量を上げた。合わせるようにして、龍之介の泣き声も大きくなった。結局、画面の彼らが危機一髪のところで列車から逃れた頃には、龍之介は号泣に近い声を上げていた。ぼくはどうしてあげたらいいかわからなくて、結局そばにいることしかできなかった。

リビングに布団を並べて、眠りに就く直前、龍之介が独り言のようにささやいた。

「もう少し大きくなったら、学校のみんなで旅行にいこうよ。きっと楽しいよ」

龍之介が仲間たちから一歩身を引き、自分だけの世界を持つようになったのはたぶんこの頃からだった。きっと一足先に大人にならなければならなかった。

それでも、ぼくたちの仲は変わらなかった。いや、あのクリスマスイブを一緒に過ごしたことで、ぼくたちの友情はより固いものになったと思う。

龍之介の言葉を忘れたことは一度もない。子どもたちだけで旅行をするのは、この頃からの夢だった。

夏休みは淡々と過ぎていった。世間がお盆休みに入っても、馬上家の不穏な空気は解消されていない。父と母はいっさい口を利いていない。目を合わそうとせず、お互いのことなど見えていないかのように振る舞っている。

おかしいのはむしろ母の方だ。大ゲンカした数日後、ぼくが塾から戻ってくると、父は家におらず、母は誰かと電話をしていた。

「もう、イヤ。私、なんか悪いことした？」

ぼくの帰宅に気づかず、母は恨みがましく嘆いている。いつだって自分だけが不幸で、自分こそが被害者だ。気持ちはわからなくないけれど、あの夜のぼくの言葉が伝わっていないことを突きつけられているようで、気持ちが鬱《ふさ》いだ。

夕闇の迫る部屋の中で、母はその後もしゃべり続けた。休みなく不満をこぼしている。

「私はパートに出て稼いできてる」

「なのに、あの人は今日もどこかに出かけてる」

「引っ越すことだけ勝手に決めて、私と向き合うことから逃げている」

「この家に私の居場所はない」

「私が働き始めたのは子どもたちのためだった」

「なのに、いつの間にか私のお金が生活のあてにされている」

「なのに、あの子たちまで私を責める」

私は、私は、私は……。言うだけ言って、母はしくしくと泣き始めた。もう聞いていられないと、自分の部屋に向かおうとしたとき、母の小さな笑い声が聞こえてきた。

「ありがとうね。私がこうやって相談できるのはあなただけよ。本当にありがとうね。キョウちゃん」

ため息が自然と漏れた。「キョウちゃん」は母の短大時代の友人だ。母と同じようなメガネをかけ、いつもすごい香水の匂いを振りまいている。

小さい頃から知っているが、ぼくはこのキョウちゃんこと京子《きょうこ》さんがあまり得意じゃない。母が精神的に不安定なときに限ってその陰が見え隠れするからだ。

最後に会ったのはもう二年前だ。小学校に入学したばかりのミッコが風邪をこじらせ、一向に熱が引かないということがあった。

運悪く父は出張中だった。あわてた母は京子さんに連絡して、京子さんは着の身着のままの姿ですっ飛んできてくれた。たしか京子さんはいまも独身であるはずだ。

二人は交代でミッコの看病にあたっていた。ぼくが最初に京子さんに対して変な感じがしたのは、「やっぱりもう一度病院に連れていこうかな」と言った母に、「ダメよ。病院なんて信頼できない」と目をむいて反対したことだ。

せめて苦しそうなミッコの前でくらい、香水をやめてほしかった。一緒に看病しようと思って部屋に入ったぼくに、京子さんは「移るから来ちゃダメ！」と必要以上に声を荒らげた。ミッコと向き合うように正座し、手を握りながらじっと見下ろす様子はまるで何かの儀式のようで、異様だった。そうしたいろいろなことが重なって、ぼくは京子さんのことが苦手になった。

「ホントにありがとね、キョウちゃん。私、少し元気が出た。うん、たしかに守るべきは子どもだけだよね。いつかきっとあの子たちもわかってくれるよね」

そう自分に言い聞かせるように母が口にした日以来、京子さんはまた家をよく訪ねてくるようになった。タイミングを見計らったように父のいないときにやってきて、煽るようにして母を励ます京子さんを、ぼくはやっぱり好きになることはできなかった。

念願だった旅行の朝も、海に行くには絶好の天気だったのに、昼に京子さんが来ると聞かされてスッキリした気持ちにはなれなかった。

ぼくよりもはるかにつまらない思いをしていたのはミッコだ。一緒に海に行くことをぼくは認め、龍之介やクラスメイトたちも快諾してくれたけれど、結局母は最後までそれを許してくれなかった。

「もう最悪だよ。なんで私だけお母さんたちといなきゃいけないわけ」

そうふて腐れるミッコの肩に「必ずお土産《みやげ》買ってくるからさ」と手を置いて、ぼくはうしろ髪を引かれる思いで家を出た。

それでも、バス停で龍之介の顔を見たら、鬱いでいた気持ちが少し晴れた。駅で他のみんなと合流すると、ようやく家のことを忘れられた。

当然、輪の中には井上さんもいた。彼女と会うのはあの夜以来だ。ピンクのノースリーブのシャツに、花柄のミニスカート。学校にいるときよりも明るい格好をした井上さんはやっぱりかわいかったが、目を見ることはできなかった。

結局この日集まったのは、男子はぼくらの他に愛川くんとオガちゃん。女子の方は相澤に酒井を加えた全部で七人。

みんな学校にいるときよりもずっとオシャレをしている。相澤と酒井は競うように大人びた服に身を包み、不良の愛川くんはジーンズに何重ものチェーンをし、ガリ勉のオガちゃんでさえはじめて見る垢抜《あかぬ》けたメガネをかけていた。

みんな楽しそうだった。塾に行くときと同じ電車であるのがウソのように、外の景色が輝いて見える。横浜駅で京浜急行に乗り換えた。雑多な街並みの先に青い海が見えたときには、みんなもう大騒ぎしていた。

海はどんどん近づいてくる。夢だったぼくたちだけの旅だ。たぶん映画のようなことは起こらない。宝物も、死体ももちろん見つからない。けれど、きっとドラマはある。はじめて体験するぼくたちが主役の物語。

みんなの笑顔が弾けていた。もう目と鼻の先だというのに、ぼくたちは海に着くのが待ち遠しくて仕方がなかった。

※

8月19日、土曜日。晴れ――。


家族の仲が良くなかったお盆がやっと終わって、楽しみにしていた旅行の日。朝、駅でみんなと待ち合わせて、ぼくたちは電車に乗って、お昼過ぎには三浦海岸に着きました。

キャベツ畑を見渡せる丘の上の別荘に荷物を置くと、ぼくたちは海へ向かいました。友だちと海で遊ぶことは、学校のプールで泳ぐこととは違います。みんながもっと仲良しで、海の中でだれかの顔を見るたびに笑いました。

ちなみに龍之介は「俺は肌を焼きたいから」と、泳ぎませんでした。でも、ぼくは龍之介が本当はカナヅチなことを知っているし、みんなが事故を起こさないように見張ってくれていたことも知っています。龍之介は一人浜辺で保護者のように目を光らせ、誰かがちょっとでも悪ふざけしようものなら大声で怒っていました。

　別荘に戻ったのは夕方でした。みんな疲れ切っていて、そのままリビングでグッタリしていました。だけど、真っ赤に陽焼けしたオガちゃんが「はい、ご飯作るよ」と、だらけることを許してくれません。

「ええ、いいよ。もう疲れたよ。ピザでも取ろうぜ」

　愛川くんが寝そべりながら言いました。普段はおとなしいオガちゃんなのに、今日は愛川くんにも負けません。

「ダメダメ。この家ホントにすごいんだって。レンジやオーブンはもちろん、ミキサーやホームベーカリーなんてものまであるんだ」

　龍之介が決めていた通り、買い出し係は愛川くんと相澤さんが担当しました。井上さんと酒井さんがオガちゃんの手伝いをして、ぼくと龍之介は倉庫から荷物を取り出して、バーベキューの準備をしました。

　器具を洗ったり、広い庭に椅子を並べたりしていたとき、龍之介が花火を買い忘れていたことに気がつきました。愛川くんが電話に出ないので、仕方なくぼくたちは丘の下のスーパーに向かいました。

　ちょうど夕暮れの時間でした。夕陽に照らされて、街は驚くほどキレイでした。二人のシルエットがアスファルトに伸びています。ぼくたちはどちらからともなく立ち止まって、少しずつ闇にのまれていく街を眺めていました。

そのとき、買い出し係の愛川くんと相澤さんが、手をつないで丘を上ってきました。二人はぼくたちに気づくと、あわてて手を離しました。愛川くんは近寄ってきて、気まずそうに顔をしかめました。

龍之介がへらへらと笑いながら「ま、みんな知ってたけどな」と、言いました。

愛川くんも照れくさそうに「みんなが知ってること知ってた」と、うなずきました。

相澤さんは「でも、みんなには言わないで。恥ずかしいから」と、頬を赤くしました。

ぼくは三人のやり取りを口を開けて見ていました。愛川くんと相澤さんがつき合っていたことも、龍之介がそのことに気づいていたことも、ぼくだけが知らなかったのです。

愛川くんがぼくを見て意地悪そうに笑いました。

「次はナポレオンの番か？」

相澤さんもネコのように目を細くします。

「そうだね。あの子、いつも馬上のこと見てるもん。ぜったい今日だと思ってるでしょ」

ぼくは龍之介の方を向きました。その困ったような、やりづらそうな顔を見て、ぼくははじめて二人が井上さんのことを言っているのだとわかりました。

井上さんがなんとなくぼくを見てくれていることはわかっていました。ぼくだって一年生のときから井上さんのことが気になっていたし、そのときはこうして井上さんと旅行に行くなんて夢にも思っていませんでした。最初に龍之介と旅行を計画したときだって、井上さんが来ればいいのにと心から思っていました。

でも、いまは違います。龍之介から「井上も来るって」と言われたとき、ぼくはあまり喜べなくて、むしろイヤな気持ちになりました。

たぶん沈んだ顔をしてしまったのだと思います。龍之介以外の二人は、顔を見合わせて不思議そうにしていました。

オガちゃんと龍之介ががんばってくれたおかげで、バーベキューはとても盛り上がりました。後片付けはぼくと龍之介でやりました。食器を洗ってキッチンから戻ると、庭にたき火ができていて、みんながまわりを囲んでいました。

愛川くんが倉庫からギターを持ってきて、ポロロンと音を鳴らします。その姿を相澤は嬉しそうに見つめています。

ぼくとオガちゃんと龍之介の三人は、たき火で花火をつけました。酒井さんと井上さんが静かにそれを眺めていました。

たき火が消えかけたときには、みんな無口になっていました。愛川くんが自分のギターに合わせて、英語の歌を歌い始めました。

「お、クラプトン。いいね」

そう言った龍之介に、愛川くんはウインクしました。ぼくもいい曲だと思い、龍之介に聞きました。

「なんていう曲？」

「『チェンジ・ザ・ワールド』。エリック・クラプトン」

「どういう意味なの？」

「うーん、直訳したら『世界を変えよう』かな。『もしも僕が世界を変えられたら、僕は君の太陽になるよ』って……。この歌をいいと思ったら、人はもう大人なんだって。いつか兄貴が言ってたよ。ちなみに俺は小三でいいと思ったけどな」

龍之介は笑いながら、どこかから持ち出してきた拡声器の電源を入れ、それを愛川くんの口もとに当てました。

愛川くんは「ふざけんな、やめろよ」と口にするものの、歌うのをやめません。その歌声を聞きながら、ぼくは空を見上げました。そして、笑ってしまいました。星空もあまりにキレイだと笑えるのだと、ぼくははじめて知りました。

なんとなく目を向けると、井上さんも同じように空を見ていました。たき火に染まるその横顔を、ぼくはじっと見つめました。

このとき思ったのは、いつかの学級会で拓巳先生が話したマーティン・ルーサー・キング牧師のことです。まだアメリカで黒人が差別されていた時代に、キング牧師は暴力を使わない運動で社会を動かし、黒人差別をやめさせたと聞きました。

拓巳先生がこの話をしてくれたとき、ぼくはすごく感動しました。感想文の宿題が出されたときは、素直に「キング牧師はすごい」と書きました。堂々と立ち向かっていったキング牧師をカッコいいと思ったからです。

『ぼくもキング牧師のように、人を見た目や立場や考え方の違いで判断しない人間になりたいと思います』

そう締めくくった感想文は、みんなの前で読み上げられました。そのときはとてもほこらしかったけど、ぼくにそんなことを書く資格はなかったみたいです。井上さんの顔を見ていたら、そう思いました。

はじめてサニータウンで見かけたときから、ぼくは井上さんのことが好きでした。かわいいし、おしとやかだし、まわりに気を遣えるし、そんな井上さんが好きでした。

五年生になってはじめて同じクラスになって、席もとなり同士になれて、ずっと心はソワソワしていて、最近になって井上さんの気持ちにも気づきました。

でも、いまぼくは自分の気持ちがわかりません。なぜなら、ぼくはもうあの「勉強会」に参加している井上さんを知っているからです。目を大きく開いて、「革命だ」と叫んでいる井上さんは、それだけでぼくの好きな女の子ではないと思ってしまいました。

もっと正直な気持ちを書こうと思います。星空を見上げていた井上さんは、あいかわらずかわいいと思いました。それなのにあの夜のことを思い出すだけで、ぼくはもうドキドキしなくなってしまいました。気持ちが悪いとさえ思いました。

このとき、ぼくはキング牧師のことを思いました。

ぼくは人を見た目や立場や考え方の違いで判断する、ひょっとすると差別する側の人間なのかもしれません。

※

「どうかな？　やっぱり書きすぎてると思う？」

夏休み最後の日、八月三十一日。夏を終わらせまいとするように、ヤルキ森には灼熱の太陽が降り注いでいた。

はじめのうちはパラパラとぼくの日記をめくっていた龍之介の手が、旅行のページでぴたりと止まった。三浦でのことを読む龍之介の顔はあまりにも真剣で、ぼくはたじろいだ。

　ようやくすべての日記を読み終えた龍之介ははじめてぼくの存在に気づいたかのように、ぴくりと肩を震わせた。

「いや、うーん。どうだろうね。書きすぎてる……とは思うけど」

「やっぱりそうだよね」

「いや、よく書けてるんだけどさ。やっぱり征人って文章うまいよな。塾に通うようになってからさらに上達したんじゃない？」

　褒められることは嬉しかったけど、ぼくが聞きたいのはそんなことじゃない。

「どうしよう？　やっぱり書き直した方がいいかな。とくに旅行のことはみんなにも迷惑かけちゃうもんね」

「まぁ、それはべつにいいんじゃないの。そこに関しては征人だって気を遣っていろいろ省《はぶ》いてるみたいだし」

「どういう意味？」

「だって愛川くんと相澤のヤツ、手つないでただけじゃないじゃん。スゲー勢いでキスとかしてたし、バーベキューのときだって、愛川くんはビールのんだり、タバコ吸ったりめちゃくちゃなことしてたじゃん。そういうのはちゃんと外してる」

　龍之介は感心したように口にしたが、そんなたいした話じゃない。ずっと自分のためだけに書いてきた日記だったけれど、ちょうどこの旅行の頃から「夏休みの宿題にできないかな」と考え始めた。宿題代わりにして、拓巳先生に読んでもらう。そう決めた以上、友人たちにはなるべく迷惑をかけたくなかった。

もちろん、それでもまだ書きすぎているのはわかっていた。自分の家のことだけならともかく、井上さんの家族のことまで書いていいのかどうか自信がない。

でも、愛川くんのこととはワケが違った。本気で自分の身に降りかかったことと向き合おうとした夏だった。ウソのない心の内をきちんと書こうと思えば、井上さんのことはどうしても避けて通れない。他の誰かに向けてではなく、拓巳先生ならば受け止めてくれる。そんな甘えがどこかにあった。

龍之介はやりづらそうに首をひねった。

「いや、違うんだ。俺が書きすぎって思ったのは、むしろ征人の家のこと。やっぱりいろいろヤバいのか？　これ読む限り、今度はおばさんがおかしそうだけど」

龍之介は再びノートを開く。龍之介の視線の先をぼくも一緒に目で追った。旅行から戻ると、驚いたことに父は仕事を始めていた。ずっと願っていたことなのに、嬉しいだけではなかった。入れ替わるようにして京子さんの影がひどくちらつくようになったからだ。

母が京子さんにベッタリなのは見ればわかった。白いお米が玄米に変わったときも、おやつが五穀《ごこく》ビスケットなるものになったときも、食卓に野菜ばかり並ぶようになったときも、母は「キョウちゃんがこれがいいって」と、嬉しそうに言っていた。

何よりも驚いたのは、母が突然一人で旅行にいくと言い出したことだ。これまでそんなことはなかったのでぼくは眉をひそめたし、ずっと母と話すことを避けているふうだった父もさすがにこのときは「バカか、お前は！　そんな金どこにある！」と声を荒らげた。

母は父の顔も見ずに鼻で笑った。

「大丈夫ですよ。キョウちゃんの知り合いの家に泊めてもらうことになってますから。あなただって仕事もしないで、長いこと好きなようにやってきたじゃないですか。私にもたまには息抜きさせてくださいよ」

「何を言ってるんだ？　子どもたちはどうするつもりだよ」

「たった二日じゃないですか。たまにはあなたが面倒見てやってくださいよ」

「俺はもう仕事を始めてるだろ」

「私だって同じように働いていました。とにかくもう行くことは決まってますので、家のことはよろしくお願いします」

いつになく毅然とした口調で言って、翌日、母は本当に旅行に出かけていった。父も遅くまで帰ってこなかったが、店屋物で済ませた夕飯は決して苦じゃなかった。むしろ両親の顔色をうかがわなくていいだけ、ミッコと二人で久しぶりによく笑った。

　本当に苦しかったのは、母が旅行から戻ってからだ。「ありがとうね、二人とも。お母さん、これからもっとがんばるから」と言ってぼくとミッコを順に抱きしめた母から、嫌いな香りが漂った。

　京子さんと同じ香水の匂いにいい予感を抱けなかった。そして母が旅行から戻った日から今日までに起きた出来事を、ぼくはあまり思い出したくない。

「普通だったらここまでさらけ出す必要はないと思う」

　そうキッパリと言った龍之介に、ぼくは小さく首をひねる。

「普通って？　どういう意味？」

「だから、普通の先生が相手ならってこと。征人が拓巳先生のことを信頼しているのは知ってるし、全部ぶつけようとしているのもわかってる。だから止めようは思わないけど、俺だったらこんなには書かない」

「なんかイヤな言い方だね。なんで？　龍之介は拓巳先生のこと信頼してないの？」

「っていうか、拓巳先生がどうこうっていうことじゃなくて、俺は基本的に大人を信頼していないから」

「それ、ホント？　龍之介、前にも言ってたじゃん。あの先生ちょっと出来すぎだって。あれってどういう意味だったの？」

　少しの間、ぼくと龍之介の視線は絡み合った。龍之介はいつになく真剣な顔をしていて、何か特別なことがその口から出てくるのではとドキドキしていたけれど、最後は力なく首をすくめるだけだった。

「俺、そんなこと言った？　ううん、そんなたいしたことじゃないよ。俺もお前も充分大人に振り回されてきたからさ。変に心を開かない方が傷つかないで済むかなって」

　自分でそう言っておきながら、龍之介は「でも……」と続けた。

「でも、まぁ、お前には俺がついてるし、ミッコちゃんもいるんだし、変に深く考えすぎなくていいか。傷つくなら傷つけばいいよ。やりたいようにやって、それでダメならまた二人でどうしようか考えようぜ」

「笹原団地に引っ越してもまだ仲良くしてくれる？」

　思わず言葉が口をついて出た。それもまた最近のぼくとミッコを悩ませている大きな問題の一つだ。父からも、母からもたいした説明はされていないが、結局引っ越すことだけは決まったらしい。

　龍之介は力いっぱい肩を叩いてきた。

「心配だったらこれからも毎朝迎えにいってやるよ。一度学校を通り越して、団地まで迎えにいってやる」

その強い言葉に、ぼくは自然と笑っていた。そして受け取ったノートを抱きしめる。これが現状を打ち破る大きな手段になる気がした。そう信じたかった。

森に差す木漏れ陽はまだまだ夏のものだった。でも、夏休みは終わる。家族はあいかわらずめちゃくちゃだし、住むところも変わるのだろう。

それでも、ぼくには大切なものがたくさんある。そう思えるだけで、とりあえず立ってはいられそうだ。

いつまでも笑っている龍之介を見つめながら、そんなことを思っていた。

6

「あら、めずらしい。もう起きてたの？」

母は感心したようにつぶやいた。確認のためにめくっていた日記をあわてて閉じて、ぼくは母に目を向ける。五年生になってからはわりと一人で起きている。反論したい気持ちはあったけれど、面倒なので「うん、起きてたよ」としか答えない。

ミッコもとっくに起きていた。もともと寝起きはいい方だけど、母の様子がおかしくなってから、ミッコはかたくなに一人で起きている。

母は澄んだ顔をして窓の外に目を向けた。「今日からまた新学期ね」という声だけは、以前と何も変わらない。

釣られてぼくも外を見た。西の方角に開けた街並みが、朝の陽を受けて輝いている。空気が澄んでいれば遠くに富士山まで見渡せる。ぼくの大好きだった景色も、あと一ヶ月で見られなくなってしまう。

「早く下りてらっしゃい。もうご飯できてるから」

母はそう言い残し、足早に階段を下りていった。同時に、ミッコが何かをつぶやいた。声が小さくてなんと言ったかまではわからなかったけれど、なんとなく「死ね」だったような気がして、心がざらつく。

ミッコを追ってリビングへ下りると、父はもう仕事に行っていて、テーブルにはふんだんにおかずが並んでいた。

でも、色の乏しいものばかりだ。インゲンの和え物に、ほうれん草のおひたし、豆とひじきの煮物に、なすの煮浸し……。数は多いけれど、心の弾むものは一つもない。

何よりもぼくの気を滅入らすのは、強烈な匂いを放つ茶色いお米だ。「さ、いっぱい食べて栄養つけなさいね」と母は疑いもなく口にするが、白いお米が玄米に変わってから、ぼくはあまりおかわりができなくなった。

ただでさえ食べられないのに、ウンチばっかりやけに出る。だからいつも空腹のはずなのに、いざ食事を前にすると食欲が失せてしまう。

変なループに搦め捕られたようだった。結局ミッコと二人でパンやお菓子をこっそり買って、母の目を盗んで食べている。栄養を……、バランスを……と、母はしきりに言うけれど、これじゃなんのための野菜や玄米かわからない。

もともと食べることにあまり興味のないミッコは、適当におかずをつまむと、何も言わずに学校へ向かった。

ぼくはさすがにお昼まで保《も》つ気がしなかったので、とりあえず頼みの綱である納豆を半分にわけ、なんとか二杯たいらげた。

ちょうど全部食べ終わった頃に、占いのコーナーが始まった。夏休み中は朝が遅く、そうでなくても最近は父が「バカが見るもの」と、テレビをつけることを許してくれない。占いを見るのは久しぶりだ。

お茶をすすりながら、ぼくはのんびりと画面を眺めた。ああ、いまこの部屋には自分しかいないんだ……。そんなことを唐突に思ったのは「今日の〈1位〉は蟹座のあなた」というナレーションを聞いたときだ。

ぼくはついクセで四つの星座を追いかけた。自分のと、ミッコのと、母のと……。蟹座は父の星座だ。

一学期が始まる頃はミッコや母も交えて、よく順位を争っていた。それなのに、いまはぼくだけがここに座り、みんなの星座を気にしている。

母は鼻歌を口ずさみながらキッチンで食器を洗っている。ミッコの席には食べ残されたおかずがあって、父が座る場所には『信星新聞』が置かれている。たった半年前にこの家にあったたくさんの〝当たり前〟は、夏の暑さに溶けて消えてしまった。

鼻先がツンとなる。ここ最近、ぼくには泣いたら負けだという思いがずっとある。それが誰に対する、どういう種類の負けなのか自分でもわからないけれど、とにかく今朝もギリギリのところで踏ん張った。

家のチャイムが鳴って、「行くぞ！　征人」という声があとに続いた。母は聞こえないフリを決め込んで、洗い物を続けている。玄関を出て、龍之介とハイタッチした瞬間、激しい太陽に照らされた。夏はまだまだ終わっていない。

「ホントにあちーよなぁ。昔ってこんなじゃなかったべ？」と、知ったようなことを口にする龍之介がぼくのランドセルに目を向けた。

「で、どうするの？　ホントに出す？」

何を？　と尋ねようとは思わない。日記のことに決まっている。ぼくは小さくうなずいただけで、前を向いた。もう心は決まっている。提出して、拓巳先生に読んでもらう。その覚悟が揺らいでしまいそうで、何も口にしなかった。

教室に入ると、夏休み明けらしく、みんな浮ついていた。真っ黒に陽焼けしていたり、あきらかにリゾート地で買ってきたシャツを着ていたりと、休みの雰囲気を引きずって登校してくる子が少なくない。

そうでなくても、ぼくにとってこの夏休みは大変なことが多すぎた。家族のことも、勉強会のことも、旅行のことも、井上さんのことも……。はじめて経験する出来事ばかり降りかかってきて、結局何も解決できないまま新学期を迎えてしまった。いつか井上さんが言ったことではないけれど、挨拶を交わす同級生たちがそろって幼く見えた。

「なんか、みんな楽しそうだよね」

言葉の意味を悟ってくれたのだろう。龍之介は視線を逸らして、優しい笑みを目もとに浮かべた。

「ヘビーだよな」

ぼくもたまらず笑ってしまった。昨日、ヤルキ森からの帰りに寄った龍之介の家で、ぼくたちは映画を観た。「ここのところのイヤなことをすべて吹き飛ばすようなもの」というぼくのリクエストに、龍之介は「実は俺もまだ観たことないんだけどさ」と言って『バック・トゥ・ザ・フューチャー』のＤＶＤボックスを棚から取り出した。

そうしてなんとなく観始めた物語の世界に、ぼくたちは没頭した。どんなにおもしろい映画を観ていても、いつもなら必ず二言、三言は交わすのに、昨日はそれさえなかった。

突風が横切っていくように〈パート１〉を観終えると、龍之介は当然のように二枚目のＤＶＤを挿入した。いくら龍之介の家に誰もいないからとはいえ、そろそろ帰らなければならない時間だった。でも、ぼくも気にしなかった。そして、主人公のマーティーやドクたちが未来を旅する〈パート2〉まで一気に観た。

その〈2〉が『TO BE CONTINUED』という残念な終わり方をしたとき、龍之介は「さすがにもう厳しいか?」と、はじめて声を上げた。もう十九時を回っていた。本当はそれでも一気に観てしまいたかったけれど、音を消していた携帯の不在着信がすごいことになっていたので、ぼくたちは「続きは今度。一人で観るの禁止」と諦めた。

龍之介が口にした「ヘビー」とは映画の中で使われていた印象的なセリフだ。「重さは関係ないだろ?」と、ぼくもまた作品中のセリフを使う。

『バック・トゥ・ザ・フューチャー』で描かれていた胸躍る「未来の世界」を、いまぼくたちは生きている。そのはずなのに、胸を占めるのは〝神さま〟とか〝宗教〟といったあまりにもアナログチックなものばかりだ。

「現実の〝未来〟はこんなものか」と、もちろんデロリアンの飛ばない空を見ながら、ぼくは誰にともなくつぶやいた。

五年一組の戸を開くと、たくさんの視線がこちらを向いた。「よう、ナポレオン!」と口々に挨拶してくるクラスメイトたちは、やっぱり浮き足立っている。あだ名で呼ばれるのがすごく久しぶりな気がして、ぼくはみんなを遠くに感じた。

一緒に旅行したメンバーは、窓際の席に固まっていた。ぼくたちも自然と輪に交ざる。夏の思い出を共有したメンバーだ。誰もが自信にあふれた顔をしている。

井上さんもあの日の陽焼けをかすかに残し、元気そうだ。

「おはよう」と、井上さんはまず龍之介に声をかける。

「うん、おはよう。どうだった？　その後の夏休みは」

ランドセルを机に置きながら、龍之介も明るく尋ねた。龍之介は井上さんと一信会との関わりを知っているのに、そんな気配をおくびにも出さない。

しばらく龍之介と言葉を交わしたあと、井上さんはぼくの方を向いた。

「おはよう、馬上くん。新学期だね」

「うん、そうだね」

「今日は席替えだね。離れてもよろしくね」

「うん、よろしく」

「ああ、一学期は楽しかったな。またみんなと近くに座れたらいいんだけど」

相澤と愛川くんのカップルが意地悪そうにこっちを見ていた。ぼくは井上さんがいつもより積極的な気がして少しあわてた。

新学期のスタートもまた校長先生の長い話から始まった。校庭に集まった子どもたちに春先の緊張感はない。「校長のやつ、また髪が増えたな」という龍之介の声にもハリがなく、ぼくは校長先生を少し不憫《ふびん》に思った。

朝礼を終えて、教室に戻る途中、ミッコの友だちのユミちゃんとすれ違った。春のクラス替えでバラバラになってしまったけれど、二人はいつも一緒にいる。放課後は必ずどちらかの家で遊んでいるし、登下校もずっと一緒だ……なんて思ったところで、そういえば最近ユミちゃんは家に来ただろうかと思い直す。

「こんにちは」と挨拶はしてくれたけれど、ユミちゃんは逃げるように視線を逸らした。他の友人たちとキャッキャとはしゃぐユミちゃんのすぐうしろを、ミッコはなぜか一人でトボトボ歩いている。龍之介もすぐに気づき、「おーい、ミッコちゃん！」と声をかけてくれたけど、ミッコは気づかずに行ってしまった。

ここ最近の家でのことを思えば、ミッコが鬱ぐ気持ちは理解できた。お母さんっ子だったミッコにとって、父はともかく、母の異変は耐えられないものに違いない。なんとかしてやりたい気持ちはあったけれど、何をしてやればいいのかがわからない。いまのぼくが手にしている唯一のカード……、頼れる大人……。

教室ではさらにみんなが大騒ぎしていた。拓巳先生が入ってきても、ざわめきは収まらない。ぼくは一人緊張していた。そして大きな覚悟を胸に秘めて、宿題の日記を提出した。拓巳先生が「みんなちゃんと毎日書いてきたんだろうな？」と軽口を叩きながら、パラパラとめくったノートは、偶然にもぼくのものだった。

ぼくが落ち着かないでいる間も、井上さんはしきりに話しかけてきた。どうして今日はこんなに積極的なのだろう……という疑問は、席替えのクジ引きが行われ、ぼくが同じ窓際の少し前の席に、井上さんが廊下側のうしろの席に移ることが決まったときに解けた。

席を移る間際、井上さんはこんな手紙を渡してきた。

『一学期はホントにありがとう。馬上くんのとなりにいられて楽しかった。ところで来月の地域祭はどうしますか？　馬上くんのお父さん、がんばってるみたいだね。私もお父さんと参加します。向こうで会えたらうれしいです』

カラフルな色使いの文字が、文章の内容と合っていない。ぼくには「地域祭」が何かわからなかったけれど、「お父さんががんばって」いて、「井上さんがお父さんと参加する」ことから、それが会に関わる何かだということは理解できた。

誰になんと言われたところで、絶対にそんなお祭りに行くものか——。これまでと少しだけ景色の違う窓の向こうに、巨大な団地が広がっている。

待ち望んでいた日は、唐突にやってきた。拓巳先生に放送で呼び出されたのは、二学期が始まって一ヶ月ほど過ぎた頃。笹原団地への引っ越しを翌日に控えた、金曜日の放課後だった。

『ええ、五年一組、馬上征人。残っていたら視聴覚室まで来てください――』

あの日と同じように大粒の雨が降っていた。春先の寒々しいものとは違い、身体にまとわりつく湿っぽい雨。

「ホントにごめんな、征人。俺……」と、直前まで謝っていた龍之介も、放送を聞いて怪訝そうに眉をひそめた。

次の日曜日、ぼくたちは『バック・トゥ・ザ・フューチャー』の〈パート3〉を観ようと約束していた。絶対にキャンセル禁止と話し合っていたけれど、今日になって龍之介がムリそうだと言ってきた。「のっぴきならない家の事情」があるのだそうだ。

「日曜のことはホントに平気だからさ。気にしないでいいよ。ぼく、とりあえず先生のところ行ってくる」

逸《はや》る気持ちを抑えて言うと、龍之介もこくりとうなずいた。

「どうする？　終わるの待ってようか？」

「ううん、大丈夫。ありがとう。とりあえず夜メールする」と言い残して、ぼくはいそいそと席を立った。龍之介の気持ちは嬉しかったが、ようやく先生に打ち明けられる日が来たのだ。気持ちは急《せ》く一方だった。

どういうわけか、先生は職員室ではなく、二階にある視聴覚室を指定してきた。低学年の子たちがすでに帰宅したあとのフロアは物音一つ聞こえず、うす暗い廊下は不気味に感じられる。

視聴覚室に向かう間、先生に何を話そうかと頭の中を整理した。この半年間のつらかったことが順に脳裏を過っていく。新学期の朝は、まだそれまで通りの日常があったこと。雨の日の交通事故をきっかけに、父が会社を辞めたこと。はじめて勉強会に連れていかれた日のこと。井上さんの家でのこと。母まで良からぬ何かに足を踏み入れてしまったこと。あっという間に引っ越しが決まったこと……。

何かを思うほど、歩幅が大きくなっていった。ずっと先生と話がしたくて、それなのに願いを託した日記のことにはなかなか触れてもらえなくて、やっぱり書くべきじゃなかったのかと最近は不安に思っていた。

ぼくはたぶん笑っていた。

やっとこの日が訪れたのだ。

そんなことを思いながら、震える手を視聴覚室の扉にかけた。

拓巳先生は立ったままノートをめくっていた。背にした窓が大粒の雨に打たれている。雷《らい》光《こう》によって先生のシルエットが浮かび上がるとき、まるで一枚の画のように時間が止まって見えた。

「ああ、来たか。ナポレオン」

先生は静かにノートを閉じて、ぼくと向き合うように腰を下ろす。

「あ、すまん。〝ナポレオン〟って呼ばれるのはイヤだったんだよな。悪かったな。日記読ませてもらうまで気づかなかったよ。っていうか、先生いつかお前に聞いたよな。ニックネームが気に入らなかったら言ってくれって」

拓巳先生はいたずらっぽく微笑んで、手に持ったノートを掲げた。

「ありがとうな、征人。こんな大切なことを先生に教えてくれて。覚悟が要《い》っただろう。つらい思いをしてたんだな」

先生は幼い子に言い聞かせるような口調で言った。それはぼくが期待していた言葉そのものだった。先生にそういった声をかけてほしくて、夏休みの間、ぼくはありのままの思いや出来事をノートに綴ってきたのだ。

それなのに想像していたような安心も、感動もなかった。先生の言葉はたしかに優しいものなのに、どういうわけか心には響かない。

しばらく視線が絡み合ったあと、拓巳先生は切り出した。

「傷は残ってるのか？　ちょっと見せてもらえるか？」

質問の意味がよくわからず、ぼくはおずおずと首をかしげる。先生は苦笑しながら言い直した。

「だから背中だよ。お母さんにヒモで打たれてるって書いてあったじゃないか」

「あ、ああ……。でも、べつにそんなに強くぶたれてるわけじゃないから。回数だってそんなに多いわけじゃないし」

「でも、万が一のときの証拠になる」

「証拠って……」

先生の大げさな物言いに思わず怯んだ。何かをここで証明することが得策ではないとも思ったけれど、勢いに圧《お》されてぼくはTシャツをめくってしまう。拓巳先生のまとわりつくような視線を背中に感じた。

「教え」と称して母が革製の細いヒモで背中を叩くようになったのは、三浦旅行から戻ったあとだった。

たとえばミツコがふて腐れた仕草を見せるとき、ぼくが父とコソコソ行動しているのが見つかったとき、母は「どうしてわかってくれないの。どうして――！」と壊れたように繰り返して、背中にヒモを振るうのだ。

先日もそうだった。龍之介と夜になるまで『バック・トゥ・ザ・フューチャー』を観ていた夜。帰宅すると、玄関先で母が目を潤ませて待っていた。いくら謝っても聞く耳を持ってもらえず、母はぼくを子ども部屋に引っ張り込んで、革製のヒモで背中を打った。

もう慣れっこになっていて、ぼくは何も感じなかった。ただ謝っていればいい。どうせ朝になったら母は普通に戻っている。

先生はしばらくぼくの背中を凝視して、机の上のデジカメに手を伸ばしかけたが、写真は撮らずに引っ込めた。傷が残っていないのだろう。母はいつも「教え」のあとに必ず消毒してくれる。

拓巳先生は何やら真剣にメモを取りながら、取り調べのような口調で続けた。

「お母さんの暴力が始まったのは八月の下旬からで間違いないな？」

「暴力なんて……」

「隠さずに言え。そのムチで背中を打つ行為はいつから始まった」

「だからムチなんかじゃ……」

「いいから言え！」

しびれを切らしたような先生の大声が、視聴覚室の壁を震わせた。ぼくは無意識のまま一歩あとずさる。

「だ、だから、それはわりと最近……。夏休みが終わる直前だったと思います」

「京子っていう人と会うようになってからおかしくなったんだな」

「それはそうだけど。でも、お母さんが変わったのはお父さんが宗教のことをするようになってからだと思う」

「それは直接的な原因ではないだろう。実際におかしくなったのは、京子さんと旅行に行ってからって日記にも書いてあるじゃないか」

先生はさらに苛立ったように、ノートを人差し指でこつこつと叩いた。説き伏せようとするような強い目で見下ろしてくる。

目を背けたぼくにかまわず、先生の言葉は熱を帯びていく。傷ついた人の弱みにつけ込んで……。そんな連中につけ込まれて……。気晴らしの旅行などと偽って……。甘い言葉に引っかかって……。集団で囲んで責め立てて……。はるかに無力な子どもを捌《は》け口にして……。その他にも「しつけ」や「体罰」、「ムチ」に「背中」など、先生は日記を読みながら言い続けた。

何かが型にはめられていくようで、聞いているうちにぼくは焦りを抱きはじめた。でも、次に先生の口から出てきた言葉を聞いて、その気持ちが吹き飛んだ。

「間違いない。カナンの地平だな」

　ぼくたちの間に冷たい静寂が降りてくる。

「え、何……？」

「カナンの地平という団体のやり方なんだ。最近はあまり耳にしなかったけどな。昔から社会問題になってる団体だ」

「何だよ、それ。ちょっと待ってよ……。カナンの地平？」

　はじめて耳にする言葉に、ぼくはたまらず聞き返す。胸に冷たい何かが滲んでいった。龍之介からはじめてメールで「一信会」を教えられたときの、絶望的な気持ちとよく似ていた。

　先生は観察するようにぼくを見つめたあと、かすかに頬を赤らめた。そして窓の方を振り返り、大雨で煙る外の景色に目を向ける。

　先生は穏やかに話し始めた。それまであった冷たさが消えていて、その声色はいつものように優しい。

「なぁ、征人さ。先生は信仰する心って、すべての人間に等しく与えられたものじゃないと思うんだ。たまに無神論者であることを正義面して語っている人がいるけど、先生にはそういう人間が正しいと思えない。逆に不遜《ふそん》で、傲慢《ごうまん》で、尊大な態度に辟易《へきえき》するよ。その意味では、人間としての弱さや、自らの未熟さを素直に受け入れて、神仏に教えを乞《こ》おうとすることは、より謙虚で、誠実で、美しいことであると思うんだ。すごく人間らしくて、尊いことだと思うんだよ」

　一度もつっかえることのなかった先生の話は、何かの演説のようだった。ここにいるぼくに対して語っているのではなく、目に見えぬ誰かに対して、たとえば勉強会の人たちがしきりに口にする「市民」に対して説くような口ぶりだ。

　いつか、龍之介が先生の言葉を「三流映画の脚本」と言ったことを思い出す。いつもは同じ目線に立って、より簡単な言葉でぼくたちに語りかけてくれる先生なのに、ぼくは話の半分も理解できなかった。

　先生は何度か目をしばたたかせて、我に返ったようにぼくを見る。

「ちょっと難しかったかな。でも、征人にはわかってもらえると思うんだ。あの八月十九日の日記、先生、すごく感心したぞ。ああ、やっぱりこの子はよく見えてるんだってつくづく思った」

　それがなんの日記か、すぐにわかった。『ぼくは人を見た目や立場や考え方の違いで判断する、ひょっとすると差別する側の人間なのかもしれません』という一文で締めくくった、三浦旅行の日のものだ。

　先生は「これもお前には難しいかもしれないけど」と、今度は前置きをしてから続けた。

「自分には信仰がないって言う人には、ある共通点があると先生は思っている。みんな逡《しゅん》巡《じゅん》がないんだ。逡巡っていうのは迷いとか、ためらいっていう意味に近いんだけど、みんな自分が正しいと信じ込みすぎている。征人のように、ひょっとしたら自分の方が間違っているんじゃないかって立ち止まることができない。自分の立場を正しいものだと信じて疑っていない。だから自分の思想と相容《あいい》れない人を平気で傷つける。どうだろう。先生の言っていること、お前ならわかるだろ？　間違ってると思うか？」

僕は何も答えなかった。黙って最後まで聞いてはいたけれど、それは違う、とハッキリと感じた。というよりも、どっちもどっちとしか思えなかった。

たしかにぼくが自分を疑ったのは間違いない。見た目も、中身もいままでと変わらない井上さんを急に不気味に感じたことを説明することができず、だからこそ自分はキング牧師とは違い、差別主義者なのではないかと疑った。

でも、それと同じように、もしかするとそれ以上におかしいと感じるのは、父が、母が、お互いのことを、お互いの信じるものを、お互いの神さまを、絶対的に〝違うもの〟として見なしていることだ。

二人に共通するのは、自分の言葉だけが正しくて、頑《かたく》なに相手の意見を認めようとしないことだ。いや、そもそも自分の言葉という部分すらあやしくて、二人の背後にある何かしらの存在、おそらくは信仰とかそういったものに対してだけひたすら素直で、まるで疑いのないことに、ぼくはいつもガッカリさせられてきたのだ。

　ああ、そうか。そういうことだったのか……。はじめて合点がいく気がした。ずっと心に沈んでいた澱《おり》が消えていく。だったら世の中に正しいものなどあるのだろうかという新しい不安がいまにも芽生えそうだったけれど、ぼくは懸命にそれに蓋《ふた》をした。そして、結局は自分が信じられるものしかないのだと、心の中で言い聞かせた。

　沸き立ったその思いを先生にぶつけるべきか、ぼくは一瞬悩んだ。そのわずかな隙を縫うようにして、先生が先に口を開く。熱を奪うかのようなタイミングの悪さに、ぼくははじめて苛立った。

「お前にはもうわかるよな。信仰を持つことは、むしろ誇るべきことなんだ。問題は信仰の有無なんかじゃなくて、何を信じるべきかということだ。ほとんどの宗教が人間によって作られたものであるのは間違いない。人間が決して完全なものでない以上、その手で生み出されたものに不備があるのは当然だ。多くの場合、打算や、損得勘定、既得権益《きとくけんえき》といった負の要素が割り込んでくるだろう。だけど、もちろん中には本物もある。仏教はとっくに体《たい》を成さなくなっているし、寺など近い将来立ちゆかなくなるだろう。キリスト教は資本主義の魔力にとっくに取り込まれているし、イスラム教だって教典を拡大解釈することに夢中なようだ。既存の宗教、宗派がどんどん駆逐《くちく》されていく中で、でも……、いや、だからこそ世界はいま救いを求めている。民を救える本物の教えは存在している」

そのとき、いままでで一番大きな音を立てて雷の音が轟いた。ぼくは思わず身を縮めたが、先生の表情に変化はない。面倒くさそうに息を吐いて、黒い遮光性のカーテンを閉じる。
発して、視聴覚室の蛍光灯が消えかかる。カチカチという冷たい音を

部屋の密度が一段と増した。ぼくは息苦しさと嫌悪感とがない交ぜになったような不思議な感覚に囚《とら》われた。

「なぁ、征人さ。お前に一つだけ聞きたいんだ」

そう口にしながら、先生はゆっくりとぼくに近づいた。かつて野球で鍛えたという先生の身体がいつにも増して大きく見える。力で説き伏せるような強い視線や、握られた拳に、ぼくの足は小刻みに震えた。

「お前はどうして井上を不気味だと感じたんだろう？　どうしてお父さんの活動を許すことができないんだろう？　先生と一緒に考えてみないか。一信会が説く教えの、何がそんなにお前を不快な気持ちにさせるんだ？」

先生はついに「一信会」のことに触れた。このとき、ぼくはやっと気がついた。先生が次々と批判したのは、なぜか母のことばかりだったのだ。母のことであり、母を引きずり込

んだ京子さんのことであり、そして「それがやり方」というカナンの地平についてばかりだった。父のことはこれまでいっさい非難していない。

ぼくにとってはもちろん父も母も変わらない。ぼくの目には二人は等しくおかしくて、同じようにうす気味悪い。二人とも早く目を覚ましてほしいし、元の家族に戻ってほしいと願っている。

それなのになぜか先生は二人の間に線を引く。母には鋭く牙《きば》をむくのに、父に対しては毒がない。守ろうとする気配すら感じさせる。

その理由を知りたくて、ぼくはゆっくりと頭を上げた。拓巳先生の顔が目に入って、胸をこつんと何かが叩いた瞬間、ぼくは「あっ……」とこぼしていた。「基本的に大人なんて信じられない」という龍之介の声が耳の裏によみがえり、思わず両手を口にあてがった。

なんていうことはない。ヒントは出会った日にあったのだ。いろいろな場面で目にする三つの星を模《かたど》った一信会のシンボルマーク、三連星を、ぼくは拓巳先生の車で見ている。バックミラーにぶら下がるキーホルダーはまったく同じ形をしていた。

ぼくはじりじりとあとずさった。奥歯がカタカタ音を立てる。先生がぼくを「ナポレオン」と呼んだのもきっと偶然じゃない。先生はその意味を理解し、ひょっとすると父の存在や名前の由来だということまで知りながら、親しみを込めて口にした。

先生はゆっくりとぼくの肩に手を置いた。

「お前も地域祭には行くんだろう？」

「あの……、あの……」と、ぼくは何も答えられない。先生の歯の白さはまるで人工物のような不自然さで、見てはいけないものを見ている気がした。

「お父さんは先に会場入りしなくちゃいけないはずだ。日曜、俺が車で迎えにいくよ。本当はこうやって特定の生徒に目をかけちゃいけないんだろうけどな。でも、大丈夫だ。お父さんにも俺からきちんと伝えておく」

龍之介との約束はなくなった。ぼくにはもう日曜日の予定がない。だからというわけではないけれど、とっさに断ることができなかった。

肩に置かれた手をじっと見つめた。蜘蛛《くも》に捕らわれた獲物のように、ぼくは身動きすることができなかった。

7

バックミラーのキーホルダーが揺れている。真っ赤な星を、それよりも少し大きい白と青の星が縁取ったものだ。

前回は事故に遭った父の病院に送ってもらうときだった。その後、家に届くようになった新聞に、勉強会の行われる部屋の中に、上大岡のおばあちゃんの家の仏壇に、井上さんの家のリビングに同じマークはあった。すべてを知ったあとのぼくは、何も知らなかった頃の自分をひどく幼く感じる。

「大丈夫か、征人。顔色が悪いぞ」

拓巳先生がミラー越しに問いかけてくる。いつもの通りの柔らかい笑みに、優しい声。ぼくは聞こえないフリをして、窓の外に目を向けていた。二日前の大雨はすでに止み、一気に空気が秋らしく透き通った。

となりに座るミッコも窓の外を眺めている。本当は一緒に連れてきたくなかったけれど、ぼくがどれだけダメだと言っても、ミッコはうなずこうとしなかった。

「お兄ちゃんが行くなら絶対に私も行く。一人で家にいるよりずっとマシ」

ミッコが自分を「私」と呼ぶようになった正確な時期を、ぼくは覚えていない。ただ、ふさぎ込むようになった頃と前後しているのは間違いない。いろいろと考えることは多いけれど、目下の一番の悩みは妹のことだ。

あの豪雨の日、視聴覚室から戻る途中にあった三年生の教室で、ぼくは見たくないものを目にしてしまった。

〈馬上美貴子、ナムナムナムナム〜〉

ミッコと同じ、唇の下にホクロのある絵も悪意を持って黒板に描かれていた。その周りにはひざまずいて両手を合わせる何かの信者らしい数人のイラストもあった。

ぼくは絶句して、すぐに頭に血が上った。ミッコが勉強会に参加したことはない。父は何度か連れていこうとしたが、その都度ぼくが止めたのだ。父かぼくを見た誰かから伝えられ、友人たちに広まったということだろうか。

あわてて落書きを消しながら、三年生なのに……？　三年生だから……？　という疑問が同時に芽生えた。

次に思い至ったのは、ミッコの親友であるはずのユミちゃんの態度だ。入学以来、絶対に欠かさなかった朝の迎えが、そういえばいつの間にかなくなっていた。学校でぼくとすれ違ってもユミちゃんはどこかよそよそしい。もしミッコがクラスでイジメに遭っているのだとして、その理由が父の宗教のことにあるのだとしたら、ぼくは絶対に許せない。

車は三十分ほど走り続けて、ようやく〈巌竹虎記念館〉という施設に到着した。その駐車場には『秋季大地域祭・横浜西部地区会場』という立て看板が置かれ、周辺はすでにごった返していた。そこら中に出店が並んでいて、同い年くらいの子どもたちがグループになってはしゃいでいる。

「どうする？　先にお父さんを探しにいくか？」

車のエンジンを切りながら、拓巳先生が尋ねてきた。父はぼくたちよりも二時間ほど早く家を出ていた。幹部として、イベントの最後の準備をするらしい。先生いわく、それは「とても名誉なこと」なのだそうだが、ぼくにはどうでもいい。

無言で首を振ると、先生は弱ったように、ぼくたちの背中を押してきた。会場はさらに多くの人たちで大混雑している。巨大な映画館のようなホールに、きっと千人は下らない人たち。誰かが誰かを見つけては、そこら中で歓声のような声が上がっている。

先生はホールのちょうど中心、目の前が通路という、映画だったら特等席の場所に腰を下ろした。〈関係者席〉と記された紙を当然のように三枚はがして、ぼくとミッコに座れという。

おそれていた井上さんとの接触はなかったが、学校にいる顔をいくつか見つけた。野球がうまい六年生や、いじめられて不登校になってしまった同級生の女の子、「あれ、うちのクラスのヤツ」とミッコが不快そうにつぶやいた男子もいる。

いつもは誰も一信会との関わりなんて匂わせないのに、ここに来ればみんな当然のように会員の一人として振る舞っている。そのことがなんとなく不思議だった。

あまりキョロキョロしていたら、会いたくない誰かと会ってしまいそうな気がして、ぼくは入り口で手渡された紙に目を落とした。

「開会の挨拶」から始まる式は、「会歌斉唱」や「地区別発表」というものを経て、「私の革命講話」なるものに進行するようだ。

ぼくが息をのんだのは、「革命家」と記された人の名前を見たときだ。その三番手に父の名が記されているのを目にしたとき、『馬上くんのお父さん、がんばってるみたいだね』という井上さんからの手紙の内容を思い出した。

時間が来て、会場にブザーが鳴った。ざわめきが波のように立ち消え、照明が少しずつ落ちていく。

ミッコがぼくの手を握ってきた。ぼくは安心させるようにその手を叩きながら、巨大な三連星の描かれたステージの緞帳《どんちょう》を見つめていた。

『秋季大地域祭』と銘打たれた一信会のイベントは、おそれていたような過激なものとは少し違った。

テレビで見たことのないお笑い芸人と女性タレントの進行で、横浜西部地区代表による「開会の挨拶」、参加者たちの一糸乱れぬ「会歌斉唱」、そして今期の寄付金の額や会員数がひたすら読み上げられる「地域別発表」と、淡々と流れていく。

いつも連れていかれる〈勉強会〉の方がずっと異様だったが、会が進むにつれ、ぼくの緊張は増していった。このあとに続く「私の革命講話」の三番手に記された父の名前を見るだけで、砂を含んだように口が渇く。

五分間の休憩のあと、革命家のトップバッターとしてステージに上がったのは、父より十歳ほど年上の女の人だった。

女性はしばらくの間、卓上で組んだ自分の手を見つめていた。会場のざわめきは少しずつ消えていく。女性は勢いよく顔を上げた。そしてわずかの間もなく、右腕を天に突き上げた。

それがナポレオン・ボナパルトをマネしてのことだとすぐにわかった。小柄なオバサンが身体を張ってモノマネをしていると知って、背中に寒気が走る。

それはぼくだけの感想ではなかったようだ。蚊の羽音程度にしか拍手は鳴らない。それでも女性は満足したようにうなずいて、語り始めた。その勇ましい声色とは裏腹に、内容はひどく退屈だ。

「ああ、これはちょっと失敗だな。瀬谷《せや》区会はなんであの人を選んだんだろう。あとで問題になるぞ」

となりに座る拓巳先生がポツリと言う。言葉がジンワリと耳の奥に残った。スピーチがうまくいかないとあとで問題視されるのか。父は大丈夫だろうか。旭区の会を代表してステージに立つ父は、うまく話すことができるのだろうか。

女性は優に十分以上話し続け、締めくくるときも気持ち良さそうに腕を上げた。今度はかすかな拍手さえ湧かず、ところどころから失笑が漏れた。

次にステージに上がったのは、ぼくと同い年くらいの女の子だった。彼女は「横浜市立南野原《みなみのはら》小学校五年生の葛西《かさい》十和子《とわこ》です。緊張しているけど、よろしくお願いいたします」と、堂々と挨拶する。

中年女性のときとは異なり、温かい拍手が彼女を包んだ。小さくはにかんだあと、彼女は凛と胸を張った。軽く握った手は震えながらも、瞳はとても澄んでいる。その立派なたたずまいに、ぼくは自然と惹《ひ》きつけられる。

彼女はイジメのことを話し始めた。ぜんそく持ちで、小さい頃から身体が弱く、同級生となかなか一緒に遊べなかったこと。幼稚園に入ると身体が弱いことをからかわれ、イジメの標的にされたこと。小学校に上がっても周囲と馴染《なじ》めず、いつも独りぼっちだったこと。そんな彼女を救ってくれた一信会のことと、そこで出会った素晴らしい仲間のこと。

拓巳先生は目を細めてしきりにうなずいている。ぼくも同じようにはじめは感心して聞いていたが、途中から何か引っかかった。本当に身体が弱いことをからかったりするものだろうか？

たしかに芸能人が似たようなことを告白しているのをテレビで見たことがある。そのときは何となく聞き流していたけど、自分やクラスメイトのことに置き換えたら、正直あまりピンとこない。一部の心ない人間がちょっかいを出すことはあるかもしれないけど、はるかに多い心ある友だちが守ろうとするはずだ。

たとえ身体的な部分がイジメの取っかかりになることはあったとしても、いま壇上で立派に話をするような子が標的になり続けるとは思えない。その自信に満ちあふれた表情は、ぼくには弱者のものと映らなかった。

「みんなからバカにされ、イジメられていた私を救ってくれたのは、いつだって勉強会でした。勉強会に参加しているときだけ、私はみんなから認めてもらうことができて、背中を押され、強くいることができたのです」

少女の声が涙でかすれた。鼻をすする音がそこかしこで聞こえている。会場を包み込む温かい空気を感じながら、ぼくは自分が参加した勉強会のことを思い出した。そして、そうじゃないとハッキリと思った。正確に言うと、それだけじゃないと思ったのだ。ステージに立つ彼女も、勉強会に出ている会の人たちも、みんな被害者すぎると思えてならなかった。

彼らの口から出てくるのは、いつだって「つらい目に遭っている」自分のことだ。だったら世の中には被害者しかいないのではないかと錯覚してしまう。同じように誰かを傷つけているかもしれないという話は一度だって聞いていない。

少女が最後に「私がみなさんに救ってもらったように、私もいつかたくさんの人たちを救済したいと思います」と言って、客席から万雷《ばんらい》の拍手が沸き起こったとき、ミッコが右前方の席に座るクラスメイトの男子に目を向けながらつぶやいた。

「あいつ、どういうつもりなんだろう」

「え、何？」

「あいつ、いじめっ子でクラスで有名なヤツなんだ。なのに、あんなに拍手して……。どういうことなんだろう」

ぼくは釣られてミッコの視線の先に目を向けた。顔を真っ赤にして、立ち上がってステージに向けて拍手を送る男の子の姿は、疑いがいっさい感じられない。心から少女に共感しているように見える。

　ぼくはボンヤリと井上さんのことを考えた。マニュアルでも存在するかのように、少女のスピーチは井上さんが学校以外の場所でする話とそっくりだった。

「いやぁ、素晴らしい講話でしたね」

　マイクを持った手を打ちながら、タレントの女性が登壇した。お調子者ふうのお笑い芸人があとに続く。

「ホント、ホント。ちょっと小学生とは思えなかったですよね。ぼくが十和子ちゃんの年齢の頃なんて、いつもお尻を出して女の子を追っかけてましたよ」

「もう、下品！　そんなのは倫太郎《りんたろう》さんだけですよ」

「え？　ホント？　じゃあ、カスミさんは小学生の頃何してた？」

「そんなの決まってるじゃないですか」

「え、何？　何？　興味あるなぁ」

　台本をなぞるだけの見え透いたやり取り。女性タレントは芸人から目を逸らし、客席に向けて声を張った。

「私は来る日も、来る日も、きちんと救済に励んでいましたよ！」

　会場が爆笑の渦に包まれる。何がおかしいのかぼくにはわからない。ミッコも顔をしかめて、ぼくのシャツの袖口をつかんでいる。

「ハッハッハ！　さーすがカスミさん！　会の鑑ですね。それでは、いよいよ最後の革命講話ですよ。ラストの革命家にビシッと決めていただきましょう！」

大げさな笑い声を上げて、芸人の男が手を振ったのと同時に、父が舞台袖から現れた。前の二人とは違い、父は原稿を持っていない。こういうのが得意な人とは思えないけれど、緊張している様子もない。

二度、三度と咳払いして、父はマイクの置かれた卓の前に立った。広いホールの中で一人ライトを浴びて、一度客席全体を見渡したあと、その視線は吸い寄せられるようにぼくたちのところで止まった。

「横浜市第七地区、旭区会のブロック長をしている馬上です。本来、私はこういった場があまり得意ではありません。皆さんを啓発する言葉も持っておらず、ならばいっそいつも通りの私として、普通の家庭にいる一人の父親として、今日ここに来てくれた息子と、娘に、誠意をもって語りかけてみたいと思います」

そんな前置きをし、父は静かに目を伏せた。穏やかな、まるで弦楽器の音色のような拍手が起こる。

話は、自動車事故のことから始まった。雨が地面を叩いていた、新学期が始まったあの日のことだ。

「……視界を遮る雨と、少しの不運のせいであの事故は起きました。運ばれた病院の窓から見える世界は、それまでとまったく色を違えていました。ずっとたしかだと信じていたものがシャボン玉のように弾け、しっかりと根を張っていると思っていた場所はさらさらの砂の上だったと知りました。

むろん、それでも大切と思うものに変わりはありませんでした。自分の命と引き替えにできるものは家族の他にありません。

しかし、一方で事故の前までたしかにあった自信は跡形もなく消えていました。結局、私は会社やそこで与えられた地位があってはじめて、夫として、父親として家族と向き合うことができていたのです。逆に言えば、そうした立場がなくなってしまえば、自分は何も持たないがらんどうなのだと痛感しました。

病院のベッドの上で考えていたのは、不思議と幼い頃のことばかりでした。ここ数年ほとんど思い出すことのなかった会のことが、いつも頭にありました。この世界に対して、自分が無条件に無敵と思えていた頃のことです。

私の母は熱心な一信会の会員でした。私がまだ物心つく前に父を亡くし、四つ年の離れた兄と二人、彼女一人で育てるのは生半可のことではなかったと思います。

母は私たちが学校に行く前には家を出て、当時近くにあった生花市場で働き、昼食を挟むと今度はデパートで衣料販売の仕事をしていました。酔って帰ってくることもあり、ひょっとしたら夜の仕事もしていたのかもしれません。

そうして働きに働き、我々兄弟に一度もひもじい思いをさせないでくれた母でしたが、朝晩の座行を欠かしたことはありませんでした。幼い私の目覚まし時計はいつもふすま越しに聞こえてきた母の声でしたし、夜寝るときの子守歌も同様だったと記憶しています。

気づいたときには、私も座行に励んでおりました。しかし、市内の小学校を卒業し、中学校へ入学した頃には、初恋などを経験し、ここにいる皆さんの中にも身に覚えのある方は少なくないかと思いますが、次第に会と関わることを億劫《おっくう》と感じるようになりました。

もちろん、だからといって信仰を足蹴にするつもりはありませんでしたが、年齢を重ねるにつれ、私は会の活動から遠ざかっていきました。人並みに遊び、勉強し、恋などをする中で、私は自然と一信会のない生活を当たり前と思うようになっていったのです。

ただ、そうした中でも、一信会は日常風景の中にちりばめられ、ふとしたときに私を引き戻しました。たとえば新聞なんかがそうです。誰かにとってくれと頼まれれば、むげに断ることはできませんでした。

新聞といえば、忘れられない出来事があります。子どもたちの前でする話ではないかもしれませんが、二十代前半の頃、私には結婚を考えていた女性がおりました。

その方と一年近くおつき合いした頃だったでしょうか。互いのことをいろいろと知り、また惹かれ合っていく中で、それでも私が会のことを話したことはありませんでした。すでに私の中で会の存在は風化しており、生活と切り離されたものだったからです。

しかし、いつものように桜木町《さくらぎちょう》で映画を観た帰りのことでした。電車は混雑していましたが二人とも運良く座れて、私は次第にうつらうつらとしていきました。

しばらくすると、素っ頓狂な彼女の声が耳に飛び込んできました。目を開けると、彼女は驚いているとも、怒っているとも表現できない視線を私に向けていました。

どういう経緯だったか定かではありませんが、その日、私のカバンには『信星新聞』が入っていました。その頃は毎日欠かさず読んでいたという記憶がないので、おそらくたまたま入っていたものだと思います。

私はすぐに弁解しようと思いました。もし、彼女の言葉がすぐに続かず、先に私が言い訳できていれば、彼女との仲は何も変わらず、二人の間に未来があったかもしれません。しかし、彼女は感情を抑え込むような低い声で続けました。

まさかあの変な宗教の信者だなんて言わないわよね？　ちょっとやめてよ。気持ち悪い。

私はその日のことをいまでもハッキリと覚えています。見下したような彼女の目、ざわめきを切り裂くような冷たい声、汚物のように持たれた新聞と、その一面にあった写真、脳裏を駆け巡っていった一つの画《え》……。

私は母を想像せずにはいられませんでした。勉強会での会員との触れ合いと座行は、世間の荒波に一人で立ち向かうしかなかった母の心の拠《よ》り所だったからです。

その姿を誰よりも近くで見ていた私にとって、何かを裁くような彼女の言葉は許せるものではありませんでした。母という人間のすべてを否定された気がしたのです。最寄りの駅に到着するまでには彼女との心のつながりは絶えていました。もとより存在していなかったのだと気づいただけかもしれません。

会を守り、恋人を手放した。傍目《はため》にはそう見えるかもしれませんが、だからといって私が一信会の活動に戻ることはありませんでした。

むしろ彼女との一件以来、会の存在は自分にはめられた足かせと感じるようになり、嫌悪するようにもなりました。拒絶する者を許すことはできないのに、自分自身が受け入れることができないのです。ならば、会員としか結婚すべきでないのかと考え、でも、そんなふうに思うことこそが人生の足かせなのではと悩みました。

人と関わることが異様に億劫と感じる時期がしばらく続き、前の恋人と別れて四年。私は妻と出会いました。いまはもうない元町の書店で、お互いが同時に同じ本に手をかけるという幸運に恵まれたのです。そう、あれは僥倖《ぎょうこう》だったのだといまでも胸を張って言えます。

彼女に惹かれているのを感じ始めた頃、私は自ら信仰のことを明かしました。彼女は表情を強ばらせましたが、それでも目を逸らすことなく、毅然とした態度で言いました。私はあなたの背景を好きになったわけではありません。

このとき、私は不意に母が会に何を求めていたのかを悟りました。彼女の生き方を肯定してくれる人の存在、つまり「家族」としての一信会に彼女は救われていたのだと知ったのです。

もう会と関わることはない。君や、いつかできるかもしれない新しい家族を巻き込むようなことも絶対にない。

君と一緒にいられるのなら自分に会は必要ない。私は妻と約束しました。本心を偽ったつもりはありません。あの日の私はたしかにそう思いましたし、何かに頼らず強くあらねばと覚悟を決めたのです。思えば、ひどく傲慢な人間でした。

妻と結婚して十数年、あの事故が起こる日までに、一信会のことを思ったのはただの一度しかありませんでした。長男が誕生したとき、私は自分が名づけることを主張しました。授かった「馬上」という姓にふさわしい名前。征人――。「馬の上から人を征する」と書いて、馬上征人と読みます。むろん、ナポレオン・ボナパルトを連想してつけたものです。

それからは先ほど話した通りです。珠《たま》のようにかわいい長女の美貴子にも恵まれ、仕事をすることで私は自信をつけていき、家族の仲は常に良かったと思います。子どもたちは順調に成長してくれましたし、私は自分の考えに、自分の生き方に微塵《みじん》の疑いも持っていませんでした。本当に、あの事故が起きる朝までは。

病院で足をギプスで固められ、身動きもままならず、ようやく少し身体を動かせるようになった頃には会社を取り巻く環境と、私が置かれた立場は激変していました。

家族の顔を見ることが急に難しくなりました。いい大人が孤独や不安に苛《さいな》まれ、一人でいるときは少女のようにひざを抱え、なのに家族が見舞いに来てくれると途端に苛立ち、面と向かって話し合うことができないのです。

本当に久しぶりに会のことを思いました。すると、事故の噂を聞きつけた会の同志が、数年ぶりに私を訪ねてくれました。まるで何かに導かれるようなタイミングの良さではありましたが、私には決してそれが偶然とは思えず、涙を流しました。自分にもまだ身を委ねていい父がいたのだと、泣きながら思っていました。はじめて不安をさらけ出すことができたのです。

その日を境に、子どもたちともまた正面から向き合えるようになりました。それもハリボテの威厳に依るものではなく、この息のしづらい不確かな世界を生きる同志として、互いに答えを見つけようとする者同士として、向き合うことができたのです。

市民が疑いもなく会を否定することを、その頑なさを許せないのと同じように、私は自分の考えが正しいと固執することをおそれています。それこそが勉強会に参加する同志にしてみれば歯痒《はがゆ》く、私がふがいないと批判される要因なのかもしれませんが、私には頑なであることが美しいとは思えません。

そんな私にとって、たった一つ意固地にならざるを得ず、また確かなものがあるとするなら、それは家族の存在と、彼らの幸せです。

もし会が私から彼らを取り上げ、彼らをつらい目に遭わせようというなら、私は断固として立ち向かうことでしょう。これまでの恩や情など簡単に切り捨てるはずです。それくらい、彼らは私にとって特別な存在です。

もちろん、この会がそんなことをするはずはありませんが――」

会場が泣き声に包まれていた。父は一信会の人たちが普段思うことを代弁しているのだろう。驚くくらい冷静に、ぼくはそのことを理解できた。

父は再び客席を見渡し、微笑んだ。今度はまっすぐにぼくたちを見ていた。これまで見たことのないような、柔らかい表情だ。

「征人、ミッコ、こんなに弱いお父さんでごめんな。でも、お父さんは何があっても二人のことを守るから。弱いけど、弱いということを自覚して、二人のことを守るから」

遠くで小さな拍手の音が聞こえた。その音は波が押し寄せるように、ぼくたちのもとへと近づいてくる。

次の瞬間には、ぼくとミッコは嵐のような歓声の中にいた。拓巳先生が立ち上がって拍手をしている。いじめっ子だというミッコのクラスメイトの男子は顔を伏せて泣いている。ぼくが抱いたのは、皮肉なことに先ほど父が口にしたのとよく似た思いだった。ひたすら孤独で、さびしくて、ぼくたちだけが星さえ見えない宇宙空間の中に放り込まれたような気持ちだった。

突然、白髪の太ったおじさんが舞台袖から現れた。父に向けられていた温かい声の中に、驚きと、賞賛に似た感情が入り混じる。

おじさんはゆっくりと父のもとに近寄っていき、耳もとで何事か声をかけ、そのまま躊《ちゅう》躇《ちょ》もせずに父を抱きしめた。だらしなく両手が垂れ落ち、まるで赤ちゃんがそうされるように、父はおじさんの胸に顔を埋めた。その赦《ゆる》されたような顔つきに、ぼくはいまにも吐き出しそうになる。

おじさんの顔に見覚えはあった。それもいつも決まった場所で。『信星新聞』の中で見かけるその人は、新聞の中と同じように柔らかい笑みを浮かべている。

ミッコもまたぼくと同じように涙をこぼさず、でもいつもの冷たい目とも違って、唇を嚙みしめていた。そんな妹の表情を見ていたら、こんなところにいられないと強く思った。

「帰ろう――」

拓巳先生に聞かれないように小声で言った。再び父が話し始めた隙をついて、ぼくたちは席を立った。ミッコは「もういいよ」と面倒くさそうに口にしたが、ぼくはつないでいた手を絶対に離さなかった。父のように裏切りたくなかった。

本人がどんなつもりで口にして、会の人たちがどれだけ感動したか知らないけれど、父の話はぼくたちにとって裏切り以外の何ものでもなかった。その孤独や、不安や、情けなさをぼくたちだけに見せれば良かったのだ。あんなステージの上でなく、大勢の人に向けてではなく、ぼくたちにだけ「自分は弱い」と言えば良かった。

どんなにキレイな言葉で取り繕ったところで、結局、父はぼくたちと向き合うことから逃げたのだ。そしていままでも逃げ続けているくせに、それを覆い隠して「孤独だった」だなんてカッコつけて言っている。どれだけぼくを、ぼくたちを傷つければ気が済むのだろう。

ふざけるな、ふざけるな、ふざけるな、ふざけるな……。頭の中で延々と同じ言葉がリフレインする。ここで目にした何かに対して、いや、この半年間に見聞きしてきた何もかもに対して、ぼくは毒を吐き続けた。

会場を出る間際、ぼくは背後に視線を感じた。覚悟を持って振り向くと、会場の隅にお父さんと立っている井上さんがこちらを見ていた。

井上さんは視線を逸らさない。怒っているとも、悲しそうともいえない表情を浮かべ、ただぼくを見つめている。

ぼくもきっと同じような顔をしているに違いない。

井上さんから見たぼくは、きっと何を考えているかわからない表情を浮かべているのだろう。

自宅の最寄り駅に着くまで、ぼくとミッコはほとんど口を利かなかった。ただ、ミッコの方がぼくなんかよりもよほど清々《すがすが》しい顔をしていて、そのたくましさにぼくは驚いた。

久々に口を開いたのもミッコだった。

「違うよ。お兄ちゃん。もうバスじゃないから。歩いて帰ろうよ」

当然のように〈サニータウン行〉のバス停に並ぼうとしたぼくを、ミッコが止めた。昨日のうちに笹原団地への引っ越しは無事に済んだ。母は例によって悲劇のヒロインのように泣いていたが、ぼくは住む場所なんかに感じることはなかった。

排気ガスの臭う国道沿いの歩道を行く間、ミッコは手をうしろに組みながら、鼻歌を歌っていた。小さい頃に母と一緒によく歌っていた『アンパンマン』のエンディングテーマだ。

〈もし自信をなくして　くじけそうになったら　いいことだけ　いいことだけ　思いだせ〉

ぼくたちはすぐに家に帰る気にはなれず、どちらからともなく近くの公園に立ち寄ったが、とくにやることもなく、そのうち陽が傾いてきた。母からの電話が鳴り続けていた。何件かの不在着信を確認して、仕方なくぼくたちは家路につく。

新しい家は五階建てのN号棟の最上階だ。新居というのがはばかられる古い階段を上り、蛍光灯が切れかかった踊り場で息を整える。

そして覚悟を決めて扉を開くと、案の定、そこで母が正座して待ちかまえていた。ぼくたちの姿を確認したと同時に瞳が涙で真っ赤に滲む。

公園から『いまから帰ります。ミッコも一緒』とメールを打った。直後からまた母の電話が鳴り始めたが、億劫なので無視し続けた。

母は無言で腰を上げた。何か言われたわけではなかったけれど、ぼくたちもあとに続く。

子ども部屋に入ると、自分たちから服を脱いだ。何発か軽くヒモで背中を叩かれて、「ごめんなさい」「もうしません」と言えばいいだけだ。刃向かうことなんてしない。黙っていれば五分で終わる。

そんなぼくたちの気持ちを見透かしたかのように、今日の母はいつもと違った。

「またあなたたちは私を裏切って！　裏切って！」

そう壊れたように叫ぶのはいつものことだ。問題は背中を打ちつけるのが、延々と続いたことだった。

異変はもう一つあった。ああ、痛い。今日はお風呂が染みそうだ……と、他人事のように思っているとき、ふすまが音を立てて開いたのだ。

部屋にいた三人とも同じ顔をしていたに違いない。大きく目を見開いて、頬を染めた父がそこに仁王立ちしていた。

「お前、何してるんだ？」

父は芝居がかった声を絞り出した。母は眉をひそめたが、すぐに冷たい目つきで父を睨み返す。しばらくの間、二人の視線は悪意をもって重なり合った。先に動いたのは父の方だ。何かを振り切るように母に歩み寄ると、ためらうことなく頬を張った。

父はぼくとミッコを一瞥《いちべつ》して、正義の味方であるかのように胸を張ったが、もちろん救われたなんて思わない。うすら寒い気持ちになっただけだ。いままで気づかなかったとでも言うつもりか。どうせさっきの演説で気が大きくなっているだけのくせに、恩着せがましい顔をしないでほしい。

母の方も負けていない。やっぱりしばらくは女優のように放心して、ぶたれた頬を手で押さえていたが、次の瞬間、母は奇声を上げて立ち向かっていった。ぼくたちを打っていたヒモを振り上げ、ぼくたちのときのような加減をせずに振り下ろす。

お互い可能な限り罵《のの》り合い、思い出したように手を上げる。バタバタと、ひたすらドタバタした醜い殴り合いだった。

途中からぼくはなんだかおかしくなってきて、本当に笑った。ああ、これって「宗教戦争」なんだと、塾の教科書で目にした単語が唐突に脳裏を過った。そのときはどこかものものしい印象を受けたけれど、実際はこんならしい。

どちらの神さまも言っていることはずいぶん立派なのに……。ぼくの家の宗教戦争はひたすらやかましいだけの、見事なまでの茶番だった。

8

途中で地域祭を抜けたことを怒っているのではないかと、週明け、ぼくはかなり警戒して登校した。

でも、教壇に立つ拓巳先生に目に見える変化はなかった。一週間、二週間と過ぎても普通にぼくの名前を呼んでいて、みんなと一緒に笑っている。個別に呼び出されるようなこともない。

「なんだろうなぁ。怒ってるっていうわけではなさそうだし、ムリに平静を装ってるっていう感じでもないしな。征人の出方をうかがってるのかなぁ」

ある日の放課後、学校から笹原団地に通じる長い坂道を一緒に下りながら、龍之介が首をかしげた。道の両脇に立つイチョウの木が風に揺られ、眼下の景色を黄金色に変えている。桃色に彩られる春も好きだけれど、優しい気持ちになれるこの季節はもっと好きだ。

「先生は何を思うんだろうな。征人に言いたいことはたくさんあるはずなのに」

ぼくの意見を求めるわけでもなく、龍之介は一人つぶやき、腕を組む。地域祭で起きた出来事を龍之介にはすべて明かした。先生が怒り狂っていてもおかしくないと、それは二人の共通した考えだった。

その後はしばらく無言で歩いていたが、団地の入り口に立ったとき、龍之介は思わずといった感じで足を止めた。そして「あいかわらずスゲーな。昔の九龍城《クーロンじょう》かよ」と、なぜか爛々と瞳を輝かせてつぶやいた。

九龍城が何かは知らないけれど、言いたいことは伝わった。日本語だけでなく、何語かもわからない言語が五つほど併記《へいき》された案内の立て看板。それらは一つ残らず破壊され、そこら中にゴミが散乱し、ナンバープレートのない車が放置されていたりもする。映画に出てくるスラム街のようなものものしさ。九龍城とはきっとそういう場所なのだろう。

「さてと、作戦会議の時間だ」

龍之介はほくそ笑み、敷地に足を踏み入れる。横浜市旭区西部に位置する、笹原団地。笹原西町という一つの街をほぼ形成してしまうほどの巨大な団地の中で、屋上に上がれる建物は何棟もない。

そのうちのいくつかをぼくたちは早々に割り出した。決まったルールがあったのだ。屋上に上がれる建物には、集合ポスト近くの壁に必ず〈amor〉という文字が記されている。はじめは英語なのだろうと思ったが、龍之介が「愛っていう意味のポルトガル語」と教えてくれた。

ぼくたちはあてもなく団地の中をほっつき歩き、最初に〈amor〉が目についたE号棟の階段を上った。

よく行くB号棟と少し形状は違ったけれど、案の定、最上階の踊り場には天井に通じるハシゴがあった。マンホールのような蓋を開くと、体育館ほどの広さの屋上に息をのむほど鮮やかなペンキでたくさんのイラストが描かれていた。他の棟でこんな光景は見たことがない。不良の仕業と連想するのは簡単だった。

龍之介はまったく違うことに反応した。

「声がする」

言われてはじめて気がついた。たしかに男女の笑い声が聞こえている。龍之介が怯まずに近づこうとしたとき、向こうから声が飛んできた。

「ヘイ、メニーノ！　オレたちの秘密基地になんの用だ！」

龍之介ははたと足を止めた。

「メニーノ。少年っていう意味だな。セニョールって聞いたことあるだろ？　あっちは紳士っていう意味で――」

龍之介がぼくの耳もとでのんきな説明をしている間に、給水タンクの脇から男の人が姿を見せた。

茶色い髪の毛をツンツンに立たせたお兄さんに、ぼくは見覚えがあった。父にはじめて勉強会に連れていかれた日、平日の昼間なのに団地の広場でタバコを吸っていた人がいた。タバコをくわえていることも、ジーンズにこびりついたペンキも、瞳の青さも変わらない。違うのは上半身が裸であることと、手にスプレー缶が握られていること、そしてあの日のように鋭い目をしていないことだ。

「なんだ、お前ら。変なヤツらだな。こんなところで何してる？」

お兄さんはぼくらのもとまで歩み寄ると、ペンキのついた顔を拭いながら尋ねてきた。とっさに答えられなかったぼくをじっと見下ろし、少しすると諦めたように息を吐く。

「オレはエルクラーノだ。お前ら、名前は？」

龍之介も仕方ないというふうに質問に答えた。

「俺が龍之介で、こいつは征人。団地に住んでるのは征人の方で、先月サニータウンから越してきた」

「ふーん。なんでここに来た？」

「べつに。深い意味はない。ちょっと困ったことが起きて、その作戦会議がしたくてさ。入り口に〈amor〉って書かれたところが屋上に上れるって知ってたから。E号棟を選んだのはたまたま」

「ハハハ。だったらラッキーだったな。他の棟はいまじゃミャンマーやチャイナたちのたまり場になってるとこもあるからな。あいつらはえぐいぞ。良かったな。ブラジレイロはみんな愛と平和のデーウスの下僕だからよ」

お兄さんはズボンのポケットから何やら紙と葉っぱを取り出した。それを刻んだり、舐《な》めたりしながら、器用にクルクルと丸め始める。

「何それ？　ガンジャ？」と、龍之介が聞き慣れない単語を口にする。お兄さんはおかしそうに肩を揺らした。

「ノン。ただの巻きタバコだ。お前、それは差別だぞ。ブラジレイロが誰でも無法者《むほうもの》だって思うなよ」

「べつに。ブラジル人がみんな無法者だなんて思っちゃいないよ。ただ、お兄さんならやりかねないなって。普通にヤバそうだもん」

龍之介のいたずらっぽい表情を見て、お兄さんもニンマリと微笑んだ。「なんかおもしろいな、お前」とつぶやき、親愛の情を示すかのように背中に腕を回してくる。そして「ちょっと来い」と、給水タンクの裏手に連れていかれた。そこにはペンキまみれの大きなシーツがはためいていて、奥にデッキチェアが二つ並んでいる。

その一つに若い女の人が寝そべっていた。彼女のことも見たことがある。気怠《けだる》そうな目が印象的な人だ。寝ているのだろうか。お兄さんの大声が響いても目を閉じたまま陽を浴び、こちらを振り向こうともしない。

龍之介とお兄さんも彼女の存在に気づいていないかのように、映画について楽しそうに語っている。「『シティ・オブ・ゴッド』は映画史に燦然《さんぜん》と輝く傑作」と龍之介が言えば、お兄さんは「『七人の侍』を観たとき、はじめて自分に流れる日本人の血を自覚した」と嬉しそうに口にする。

ぼくは蚊帳《かや》の外だった。意味のわからない二人の会話を聞き流しながら、所在なく空を見上げる。例年より暑かった夏を抜けて、雲は輪郭を取り戻した。穏やかな風が頰をなで、身体を優しく包み込む。

「いいよね。この空。私、一番好き」

いままで寝そべっていたお姉さんが身体を起こし、ぼくと同じように空を見上げた。肌着のようなうすい服を着ていて、リラックスしてあぐらをかく姿は美しく、ぼくはその姿に見《み》惚《と》れてしまう。

「おい、マリア。男同士の会話にしゃしゃり出てくんな」

お兄さんがきつい言葉を投げつける。マリアというのは本名なのだろうか。彫りの深い、エキゾチックな顔をした人だ。でも、お兄さんとは違い、瞳の色も、風になびく髪の毛も夜の闇のような深い黒で、日本人にしか見えなかった。

　空を見上げていた意思のない目を、お姉さんはゆっくりとお兄さんに向けた。

「さっきまで泣いてるのを慰めてあげてたじゃない……。そんな日本人の男みたいなこと言わないで」

　お兄さんは虚を突かれたように口を開き、すぐに居心地が悪そうに身体を揺すった。その苦々しげな顔つきはとてもチャーミングで、龍之介も茶化すように指を差して笑っている。

　お兄さんはあわてた様子でぼくを向いた。

「オーケー。まぁ、いいや。お前がリュウノスケで、ええと、お前はなんだっけ？」

「え……？　あ、馬上です。馬上征人」

「ウマウエ？　あいかわらずジャポネーズの名前は覚えづらいな。なんかニックネームとかないのかよ」

　一瞬、ぼくの脳裏を「ナポレオン」という答えが過った。まだ穏やかな凪《なぎ》を漕《こ》いでいた時期のことが胸をかすめ、言葉に詰まる。

　異変を察した龍之介が助けてくれた。

「まぁ、しいて言えば〝ちび太〟かな」

「チビタ？」

「うん。昔はめちゃくちゃ小さくてさ」

「いまはお前の方がチビじゃねぇか」

「たしかにね。でも、ぼくたちはすぐにお兄さんを追い抜くけど。そうしたらお兄さんが〝ちび太〟だから。覚悟しといて」

　生意気な口をきく龍之介を、お兄さんが軽く小突いた。それが合図となったように、二人はそれぞれの身の上話をし始めた。学校で流行《はや》っているもの、好きな映画について、日系ブラジル人とは何か、お兄さんはなぜ日本にいるのか、お互いの好みの女の子のタイプ、キレイな夕陽が見られる場所のこと、愛と平和について、ブラジルという国について、日本という国について……。脈絡《みゃくらく》なくいろいろな話が飛び交っては、これまでまったく違う世界を生きてきたお互いの人生をすり合わせるように二人は笑い合った。

　頭上の空が赤く染まり始めた頃、西に傾いた太陽を見やりながら、お姉さんが気怠そうに話題を変えた。

「作戦って何？」

　直前まで吹いていた風が不意に止んで、辺りに静寂が舞い降りた。ぼくはふっと現実に引き戻された気持ちになった。

「なんだよ、マリア。急に――」

憮然とするお兄さんの言葉を、お姉さんは柔らかい笑顔で遮った。

「だって、この子たち、そのためにここに来たって。困ったことが起きてるの？」

お姉さんの顔を怪訝そうに見つめたあと、お兄さんは「そうだったっけ？」と、龍之介に尋ねた。

「うん。まぁ、そうだね」と、龍之介はやりづらそうに鼻をかいて、ぼくに目を向けてくる。全員の視線がぼくに注がれる。

ぼくはそれを避けるように、立ち上がった。坂の上に、西陽に染まった学校が見えている。さらにその先には、サニータウンがこちらを見下ろすようにたたずんでいる。

べつに雰囲気にのみ込まれたつもりはないけれど、きっとぼくたちには想像も及ばない考えを二人が教えてくれるという予感があった。まずはそのことを伝えようと、「あの、こんなことをお兄さんとお姉さんに……」と切り出したぼくを、お兄さんが苛立ったように手で制した。

「待てよ、マサト。そのお兄さん、お姉さんっていうのやめろ。リュウノスケもだ。エルクラーノと、マリア。オレたちにも名前はちゃんとある。〝さん〟とか〝くん〟とかもいらない。オレたちはもうアミーゴスだ」

　エルクラーノは今日はじめて真剣な表情をぼくたちに見せた。その視線の鋭さに、龍之介は不意を突かれたようにツバをのむ。このことに関しては、たぶんぼくの方が覚悟を決めるのが早かった。

「わかった。じゃあ、聞いて。エルクラーノ、それとマリアも――」

たどたどしくはあったけれど、ぼくは身の上話を打ち明けた。その間、一瞬たりともマリアから視線を逸らすことができなかった。何かに搦め捕られてしまったかのように、ぼくは真っ黒なマリアの瞳を見つめ続けた。

　あらかたの出来事を説明し終えたとき、エルクラーノはようやく苦痛の時間から解放されたというふうな表情を浮かべた。

「シット！」

　そう叫ぶように口にして、背後にツバを吐き捨てる。龍之介が不思議そうに首をひねった。

「何にそんなにムカつくの？」

「そんなもん、マサトのファミーリャに対してに決まってるだろ。オレだってクリスチャンだ。信じるデーウスはちゃんといる。でも、それとこれとは話が違う」

「何が違うの？」

　龍之介の挑発的な言葉を撥ね除けるようにして、エルクラーノは胸を張った。

「信仰はオレたちの人生の方法ではあるけど、目的じゃない。ファミーリャを苦しめるデーウスなんていてたまるか。べつにどんな信仰があってもいい。でもデーウスだけは等しく、人間を幸せにするためだけに存在してなきゃいけないんだ」

「ハハハ、すっげー。まさかヤンキーのお兄さんからそんな言葉が出てくるとはね。まったくもって正論だ」

そう混ぜっ返すように言ったあと、龍之介はおもむろに真剣な表情を取り戻した。

「デーウスって神さまっていう意味でしょ？　キリスト教って一神教だよね？　どんな信仰があってもいいなんて言っていいの？」

龍之介の質問に、エルクラーノは自慢げに鼻をすすった。

「イッシンキョウってなんだよ？　ガキのくせに難しい言葉使いやがって。だからさっき言っただろ。オレたちは愛と平和のデーウスの下僕だって。キリスト教とか関係ない。他者を認められない神さまなんかに価値はないって、オレとマリアは何度も話し合ってきた。この世界がここまで見事にクソッタレなのは、人間が自分以外の他者を認められないせいだってオレたちは信じてる」

「不寛容《ふかんよう》――」と、マリアが割り込むように口を開いた。息をのんだぼくを一瞥して、抑揚のない口調で語り始める。

「人間はこれまで自分を認めすぎてきたし、他者を裁きすぎてきた。本当は自分の正義を、自分の神こそを疑わなくちゃいけなくて、他人の言葉にこそ耳を貸さなければいけなかったのに、自分だけを正しいと認めすぎてきた。だからね、マサト。あなたは必死に考えて。何があなたにとっての正解なのかを考えて、考えて、考えて……。そうやって導き出した答えを、最後にもう一度だけ疑って。あなたと違う考えの人の怒りの声を聞いて。あなたが本当に守らなければいけないものはその先にあるから。それと、もう一つ――」

そこまで言って、マリアはゆっくりと立ち上がった。両手を小さく広げ、呼吸する。風を身にまとうかのような一連の動きは軽やかで、キレイだった。

「あなたの武器を持ちなさい。未来永劫《みらいえいごう》、あなたのことを……、あなたの大切なものを守ってくれる武器。絶対にあるはずだから」

マリアはくるりと踵《きびす》を返して、両手でぼくの頬をギュッとはさんだ。そして「戦うの」と微笑んで、確認するようにぼくの目を覗き込み、ようやく手を離してくれた。

去り際、エルクラーノが親指を突き立てながら言い放った。

「お前らがそんなふうに大人になるしかなかったデーウス、オレたちが目いっぱい否定してやる」

頬にほんのりとした熱が残っていた。逆光になった二人の背中を見送りながら、自分の武器ってなんだろう……と、ぼくは自分に問いかけた。

空はすっかり茜《あかね》色に染まっていた。龍之介と二人取り残された屋上は、いままでと違う場所のようで、ぼくは少し気まずさを覚えた。

「なんかすごい人たちだったね。夢みたい」

声を絞り出したぼくを無視して、龍之介はなぜか申し訳なさそうに頭《こうべ》を垂れた。

「あのさ、征人。このタイミングで言うのは違うかもしれないけど、うちの親、正式に離婚することになったよ」

「え？」

「それでさ、もうハッキリ言うけど、俺もサニータウンから出なくちゃいけない。六年に上がるときに東京に引っ越すことになったんだ。どのみち中学は向こうの学校を受験することになってたし、本当はすぐにでも転校っていう話だったんだけど、なんとかそれは阻止したよ。あの人たちの離婚なんてべつに俺はどうだっていいんだけどさ、でも……。ごめんな、征人。なんかごめん」

ぼくに口を挟ませまいと矢継ぎ早に繰り出された言葉は、最後の最後で少しかすれた。絶句したぼくに話を遮る余地などなく、本当は言いたいことは山のようにあったのに、結局次の言葉も龍之介に託してしまう。

「さっきのマリアって人の言葉、ちょっと染みたよなぁ。自分の当たり前を疑えっていう言葉を信じるなら、実はそれこそが、俺たちが会議したかった答えなんじゃないのかな」

「どういう意味？」

「そんな難しい話じゃない。俺、いつかお前に言ったよな。子どもだなんて甘えてたら絶対に足もとをすくわれるって、だから大人にならなくちゃいけないって。あれはいまでも正しいことだったと思ってるんだけど、でも現実的に俺たちはすごく無力じゃん。仕事はできないし、自分で稼ぐこともできない。引っ越しだってしなくちゃならない」

「そんなことわかってるよ。だから——」

「でも、そんなのたった数年なんだ」

「え？」

「いまは先が見えなくて、苦しいのがずっと続くって思っちゃうけど、どんなに長くてもあと八年、高校を出るくらいまでにお前は絶対にトンネルを抜け出せる。そうしたらお前は好きなことをすればいい。だから、いまだけ踏ん張らなきゃいけないんだ。なぁ、頼むよ、征人。だからそれまでは負けないでくれよ」

「いや、ちょっと待ってよ。なんだよ、それ——」

なんでも知ったような顔をして、自分だって苦しいくせにそのことを二の次にして話す友人のことが少しだけ許せなくて、ぼくはムキになって言っていた。

「じゃあ、なんだよ。そのためにぼくはどうしたらいいの？」

すがるような気持ちで質問したが、龍之介はなんでもないというふうにあごをしゃくる。

「結局は勉強することなのかな。たとえ受験しなかったとしても、勉強することでしか未来は切り拓かれないと俺は思う。というよりも、いまはまだ勉強すればなんとか切り拓かれていくシステムなんだと思う」

龍之介からこの手の話を聞くのははじめてじゃない。言っていることはわかったけれど、ぼくは強く首を振った。いま聞きたいのはそんな話じゃない。

「いや、違う。そうじゃないだろ」

無意識にそうつぶやき、すぐに我に返って、ぼくは丁寧に言い直した。

「ごめん、龍之介……。でも、そんなことじゃないよ。それだけじゃない」

龍之介の言うように、マリアの言葉はぼくにも染みた。期待した通り、新しい考えを教えてくれたと思う。でも、ぼくは彼女の言ったすべてに納得したわけではない。

考えて、考えて、考えて……。疑って、疑って、疑って……。そんな難しいことをしなくたって、ぼくには絶対だと信じられるものが一つだけある。

「べつに東京に行ってもいいよ。私立の中学に行けばいい。でもさ、龍之介、それでもぼくとずっと友だちでいてよ。そうしたら負けないから。何とでも戦えるから。だから頼むよ。お願いだから友だちでいるって言ってよ」

言葉があとから、あとからあふれ出た。いまにも涙がこぼれてしまいそうなのを必死にこらえながら、視線は絶対に逸らそうとしなかった。

龍之介は何も答えようとしなかった。同じようにぼくを見る目は赤く潤んでいたけれど、泣いたりはしない。

しばらくして「遅くなっちゃったな。そろそろ帰ろうか」と口を開いた龍之介に、ぼくも「そうだね」とうなずいた。夜の風はすっかり冷たい。さっきまでここに初対面のカップルがいたのが不思議だった。

ふと胸をかすめる思いがあった。ぼくにはもう一つあるはずだ。ぼくを奮わせてくれる力が、たしかだと思えるものがもう一つだけある。

二人の間の沈黙を断ち切るように、メールの受信音が鳴った。携帯を開いて、ぼくは思わず苦笑する。

『早く帰ってきてよ！　怒』

龍之介が画面を覗き込んできた。

「ミッコちゃん？」
「うん、怒ってる」
「ホント仲いいよな。うらやましいよ。

「俺もそういう兄妹《きょうだい》がほしかったな」

うすい雲が国道沿いの雑多なネオンを反射させている。エルクラーノが言う「このクソッタレの世界」を、ぼくもいつか美しいと感じたい。

今日聞いたいくつもの言葉を嚙みしめた。「あなたの武器」というマリアの声が、耳の奥で延々と響いていた。

屋上でエルクラーノやマリアと出会い、龍之介と陽が暮れるまで語り合ったあの日、ぼくの中で小さな変化がいくつか起きた。その一つは、本をひたすら読むことだ。

父が仕事を辞めて、再就職もなかなか決まらず、家にお金がないからと、二学期になったと同時にぼくは塾に通わせてもらえなくなった。

空いた時間を利用して、本当は龍之介のようにたくさん映画を観たかったけれど、せまい団地に越してからは堂々とＤＶＤを鑑賞できるスペースもない。そうでなくても、両親の顔色ばかりうかがっている生活なのだ。それならばと、ぼくは場所も時間も選ばずに済むという理由で本を読むことに決めた。

どんな本を読むべきかは、クラス一の読書家であるオガちゃんが教えてくれた。

「ナポレオンって龍之介とよく映画を観てたよね？　となると、その原作本を読んでみるのはありかもしれない。『ハリー・ポッター』のシリーズは図書室にもそろってるし、『ロード・オブ・ザ・リング』は観た？　あの原作の『指輪物語』は傑作だよ。あと映画とは関係ないけど、僕が好きなのは江戸《えど》川乱歩《がわらんぽ》の『怪人二十面相《かいじんにじゅうめんそう》』シリーズだな。いや、宗田理《そうだおさむ》の『ぼくら』シリーズという手も……」

同じ趣味を持とうとするのがよほど嬉しいらしく、オガちゃんはいつも機関銃のようにまくし立てる。

休み時間に一緒に過ごす時間は増えたし、放課後にそのまま地域の図書館に繰り出すこともあった。そういうときのオガちゃんはとても楽しそうで、ぼくたちはどんどん仲良くなっていった。

秋もすっかり深まった十月のある日、図書館でいつものように分厚い本を開きながら、オガちゃんは覚悟を決めたように尋ねてきた。

「ねぇ、ナポレオン。一つ聞いてもいいかな？」

視線は本に向いていたが、その顔はいつになく厳しい。ぼくは「うん。何？」と応じながら身構えた。

オガちゃんは表情を崩すことなく、思ってもみないことを尋ねてきた。

「これ、変な質問だったらごめんね。あのさ、夏休みが明けた頃くらいからかな。龍之介がナポレオンって呼ばなくなったじゃない？　ニックネームじゃなく、征人っていうようになったんだ。あれって何か理由あるの？」

ぼくは咄嗟《とっさ》に答えられなかった。オガちゃんは小さく肩で息を吐いて、今度はキョロキョロと周囲の様子をうかがった。

「じゃあさ、いまから僕の見立てを言うから黙って聞いてて。ちょうど龍之介がナポレオンって呼ばなくなった頃、厳密にはその少しあとくらいからなんだけど、君と拓巳先生は教室であまり目を合わせなくなったんだ。そのことって気づいてる？」

「気づいてるっていうか、その……」

「僕は、征人くんは拓巳先生のお気に入りなんだとずっと思ってた。イヤな言い方をすると依怙贔屓《えこひいき》されてるって思っていたくらいなのに、ここのところ変なんだ。そうしたら龍之介もいつの間にかあだ名で呼ばなくなってるし。そもそも〝ナポレオン〟って先生がつけたものだろ？　それを思い出したとき、絶対に征人くんと拓巳先生の間に何かあったって確信したんだ」

いつの間にかぼくへの呼び方が「ナポレオン」から「征人くん」に変わっている。オガちゃんのメガネの縁が蛍光灯に反射して光っている。

何も答えることができなかった。ただ、龍之介とは種類の違う眼差《まなざ》しの鋭さに、気圧《けお》されそうだった。

オガちゃんはさらに畳みかけてくる。

「本当のことを言うと、僕、料理人じゃなくて、警察官になりたいと思ってるんだよね」

「へ？」

「昔から推理小説が大好きだったから。みんなには言わないでね。それで、どう？　この見立て、結構悪くないでしょ？」

ぼくたちの間に沈黙が舞い降りる。直後、オガちゃんの顔に大人びた笑みが広がった。そして、オガちゃんは「今度、僕にもおもしろい映画を教えてよ」と、照れくさそうに鼻先をかいた。

ぼくも釣られて笑ってしまった。

「うん、いいよ。龍之介の家のホームシアターはとにかくすごいんだ。本物の映画館みたいに音があちこちから飛んでくる。最近観た中じゃ『ファイト・クラブ』が良かったな。警察官になりたいなら、あれ絶対にオススメだよ」

「そうなんだ。僕もオススメのＤＶＤを持ってるよ。さっき話した『ぼくら』シリーズの実写版なんだけどね。良かったら一緒に観よう」

やっぱりこういう話をしているのが楽しい。映画や本がテーマだったらいくらでも笑えるし、言葉に詰まることもない。「うるさいですよ！」という図書館の係の人の声が飛んでくるまで、ぼくたちは話し続けていた。

図書館の敷地を出たところで、オガちゃんは右手を差し出してきた。

「龍之介みたいには力になれないと思うけど。僕も征人くんの味方だから」

ぼくはしばらく無言でオガちゃんの手を見下ろしていた。オガちゃんが怪訝そうにしているのはわかったけれど、なかなか顔を上げることができなかった。気を許すといまにも涙がこぼれ落ちそうだったからだ。

しばらくして、ようやくその手をつかみ取ることができた。ぼくを「征人」と呼んでくれる二人目の友人だ。

冷静にぼくと先生の関係性を分析していたのがウソのように、オガちゃんの手はほんのりと温かかった。

図書館から笹原団地へと続く坂道を一人で下っているとき、メールの受信音が鳴った。差出人には〈ミッコ〉とあって、内容は『遅いってお母さん怒ってる』というものだった。

雲一つない空が広がる秋の放課後。本当はすぐには家に帰らず、借りてきた『少年探偵団』を西町公園で読むつもりだった。ぼくはまっすぐ帰宅した。母が信じる神さまにも、父の神さまにも、心に立ち入らせたくなかったからだ。

両親は目を凝らして、ぼくやミッコに説教できる材料を探している。そして見つけ出しては「やっぱり神さまに叱ってもらう必要がありそうだ」と、実際口にはしないけれど、それぞれのやり方でぼくたちを教育する。父は勉強会に連れていって、心の革命を声高に叫ばせ、母は革製のヒモを背中に振るう。

はじめはやめてほしいと思っていた。でも、願うだけでは治まりそうになかったので、ぼくは方法を変えることにした。二人にそのきっかけを与えなければいいだけだ。とにかく叱られる隙を見せないこと。大人たちにとっていい子であることは、せめてそのフリをすることは、ぼくたち自身を守ることだった。

狙いは間違っていなかった。エルクラーノたちと話した屋上の日以来、ぼくたちはほとんど背中を打たれていない。もちろん、父には勉強会に連れていかれるし、母との聖書の読み込みもほぼ毎晩やっている。そんなときは集中しているフリをして、二人を喜ばせる。

でも、ぼくはまったく違うことを想像している。たとえば好きな小説の一節を思い返していたりする。うまくはまれば時間はあっという間に過ぎていく。

毎晩、夜遅くまでスタンドの灯りで本を読むぼくに、ミッコが少しずつ興味を持ち始めているのを知っている。

「なんで本なんて読んでるの？　信じられない」

そんなことを口にするミッコに、「お前も本くらい読めよ。物語に触れることだって勉強なんだぞ」とは絶対に言わない。「勉強しろ」と押しつけられることがもっともやる気を削《そ》ぐことだと、ぼくはよく知っている。

「ん？　普通におもしろいけど？　まぁ、お前にはまだ早いだろうけど」

「早いって、何が？」

「まだこのおもしろさを理解できない」

「は？　何それ。上から目線でバカみたい」と言いながらも、ミッコが歯がみしているのもぼくはちゃんと気づいていた。

だからといって、ミッコがすぐに本を読み始めるとは思っていなかった。現にぼくの前ではなんの変化もない。

ランドセルに『若草物語』が入っているのに気づいたのは、その数日後のことだ。驚いたことに、こっそりと覗いてみるたびに、ミッコのランドセルの中の本は替わっていた。『はてしない物語』に『星の王子さま』、そして『赤毛のアン』……。どうやらミッコは外国の物語がお気に入りらしい。加えて、ぼくなんかよりもずっと読むのが速いみたいだ。

ミッコが学校の廊下を一人さびしそうに歩いていた場面がよみがえる。教室の黒板には『馬上美貴子、ナムナムナムナム～』などと書かれていた。父とぼくが勉強会に通っているという噂によってクラスメイトから笑われている。

ミッコにいったいどんな非があるというのだろう。神さまはミッコにどうしてほしいというのだろうか。ぼくに一つだけ言えることがあるとすれば、ひとりぼっちのミッコにこそ物語の力が絶対に必要ということだ。

きっと恥ずかしいのだと思う。ランドセルの中の本はしょっちゅう替わるのに、ミッコは頑なにぼくの前では読書しない。ぼくが布団に入ると次第に落ち着きをなくし始め、寝入る頃にようやく嬉しそうにページをめくる。何度か目を開けて確認しているから間違いない。

「なぁ、本くらい普通に読めって。べつに茶化したりしないから」

ただでさえ息の詰まる毎日だ。せめて好きな本くらいと、ある晩、ぼくは布団をはいでミッコに言った。

ミッコはみるみる頬を赤らめ、そのまま何も言わずに本を閉じた。読んでいたのは星新一《ほししんいち》の『未来いそっぷ』という文庫本だ。それは「なんで本なんて読んでるの？」と尋ねられた夜にぼくが読んでいたものだった。ぼくには少し難しく、理解できない話もいくつかあったけれど、お気に入りの一編がある。

「ねぇ、もう『ある夜の物語』は読んだ?」

親たちに聞かれないように、ぼくは小声で質問する。

「まだ。そこまではいってない」と、ミッコはつっけんどんに口にして、もぐり込むように布団をかぶった。

ぼくはかまわず続けた。

「早く読めって。すごくいいから」

「もう、うるさいな。ネタバラシしないでよ」

「でも、お前にはまだ早くない?」

「何が?」

「内容。難しいだろ?」

「べつに。普通に読める。こないだ読んだ『マリー・アントワネット』の方が難しかった。おもしろかったけど」

「へぇ、すごい」

やっぱりミッコには読解力があるのだろう。ぼくの知らない本ばかり読んでいることに少し焦る。兄として、これはチェックしておかなければ。

「ねぇ、早く読めよ。『ある夜の物語』。ホントにいいんだから」

ミッコが苛立っていることはわかったけれど、ぼくは繰り返した。全三十三編からなる『未来いそっぷ』の一編、「ある夜の物語」は、ミッコの誕生日と同じ、クリスマスイブの物語だ。その作品を読み終えたとき、ぼくは感動のあまり鼻先を熱くして、そしてハッキリと感じたことがある。

ミッコの返事は聞こえなかった。もう寝ちゃったのかと半分諦めつつ、ぼくはあの日の思いを口にした。

「お前、何か欲しいものってある？　誕生日プレ……」

ぼくがすべてを言い切る前に、布団の中からミッコは答えた。

「自分の部屋」

「え？」

「もうホントにうるさい。寝かせてよ」

ぼくは思わず噴き出した。せめて自分のお小遣いで買える範囲、好きな本くらいと思っていた。そうでなくても「部屋」はプレゼントしようがない。

翌朝になってもミッコは憮然としたままだったが、そのわずか数日後、たまたま学校の図書室で顔を合わせたとき、本を大切そうに胸に抱えたミッコの目から涙がぶわっとあふれ出した。

「ぶわぁ、お兄ちゃん。良かったよ。超良かったよ、ある夜の……」

ぼくは「はぁ？」と口にして、一緒にいた龍之介と顔を見合わせた。腹を抱えて笑い出したのはほとんど一緒だったと思う。

龍之介が大声で笑いながら、ミッコの肩に手を置いた。そして「これがわかるのか？ミッコちゃんにわかるのか？」と、芝居がかった調子で問いかける。ミッコも張り合うように大げさにうなずいた。その二人の姿を見つめながら、ぼくは誕生日にあげるものを決めた。メーテルリンクの『青い鳥』だ。

ぼくが最後まで読み切れたいまのところ唯一の外国の本で、「ある夜の物語」に匹敵するくらい感動したものだった。まだミッコが読んだ形跡はない。

ぼくには、ミッコにプレゼントをあげなければならない理由があった。夏休みが終わってすぐの、九月のぼくの誕生日。

クリスマスイブに生まれたミッコほどではないけれど、毎年きちんと祝ってもらえた。その一日が、今年は何事もなく過ぎていった。ケーキも、料理も、プレゼントもない。こんなこと、物心ついてからはじめてだった。

その理由を、ぼくは母とやった聖書の読み込みの中で知った。

「いい？　二人ともここをちゃんと理解して。古来、誕生日というのは邪教《じゃきょう》……、つまり偽りの宗教のことね。それに仕《つか》えた人たちだけが祝っていたものなのよ。本物のクリスチャンは絶対にそんなことをしなかった」

聖書の読み込みをしていて、気づいたことはいくつもある。「カナンの地平」という集団のことは好きになれないけれど、基本的に聖書にはいいことしか書かれていない。難しい言葉で書かれてはいるが、結局は他人に迷惑をかけるなとか、傷つけるなとか、胸に染みることばかりだ。それはそうだろう。そうでなければ、千年以上も人々に読み継がれてはこなかったはずだ。

そう頭では理解できたけれど、でも、この日の母の言葉にはとてもじゃないけど納得することができなかった。いつものように集中した素振りを見せつつも、自分だってこれまで散々祝ってきたくせにと、ぼくは母に反論したくて仕方がなかった。

そこに居合わせた母の友人、母を〈カナン〉に引き入れた張本人である京子さんが、その意を悟ったように口を開いた。

「私たちもこうして読み込みを始めるまでは知らないことばかりだったのよ。ホント、まるで洗脳されていたみたいね。主の遺《のこ》された思いはすべて聖書にある。それを読み込めば、おのずと真理が見えてくる。誰が祝わなければならないって決めたのかしら？　誕生日も、イースターも、ハロウィンも、クリスマスだって――」

クリスマス、という単語が出てきたとき、ぼくはミッコの顔を覗き込んだ。いつものように覇気《はき》のない目をしながらも、ミッコは小さくうなずいていた。

その弱々しい表情を見たとき、ぼくはハッキリと思ったのだ。誕生日の分も、クリスマスの分も、何があってもぼくだけは祝ってあげよう。

本を抱え、瞳を真っ赤にしたまま龍之介とじゃれる妹を見やりながら、ぼくはもう一度心に誓った。

9

絶妙ともいえるところで家族のバランスを保ちながら、イチョウのまぶしい秋を越えて、寒風の吹きすさぶ冬を迎えた。

野菜中心の食事に、ぼくもミッコもとっくに慣れている。こんな生活がいつまで続くのだろうという不安はいつの間にか消えていて、だけど、この生活が当たり前のものと受け入れたことは一度もなく、やり過ごすように毎日を送っていた。

あいかわらず、ぼくは必死にピエロを演じた。泥水のように濁った空気の食卓で、ミッコにだけ向けてしゃべり続けた。ぼくが騒がしいことに、父も、母もいい顔はしなかったけれど、いままでは怒られるギリギリのラインを見極められる。二人の顔色をうかがいながら、ぼくは一人でしゃべり、笑っていた。

ミッコのことだけが心配だった。だけど、ぼくだけでは力不足だ。学校でどんなふうに過ごしているのだろう。一人で何を思うのか。ミッコは絶対にぼくには打ち明けない。それどころか日に日に口数を減らし、様子も鬱いでいく一方だ。

そんなぼくに手を差し伸べてくれる人がいた。団地の屋上で知り合ったエルクラーノとマリアが、ちょくちょくメールや電話をくれては調子を尋ねてきてくれる。

とくにマリアは親身だった。

「いい？　マサト。あなたはいま大人に不信感しか持てないかもしれない。でもね、あなたが思っているよりもはるかに世界は広いし、強い大人はいっぱいいる。たまたままだ出会えていないだけで、あなたに手を差し伸べようとしている人はいっぱいいる」

自分がその一人だというようなことは口にせず、マリアは淡々と続けた。

「あなたにはとんでもないものを背負わせてしまったと思ってる。そのことは、無力な大人の一人として申し訳なく思ってる。でもね、マサト。ただの被害者で終わらないで。あなたは誰もができる経験をしているわけじゃない。そのこと自体がいつかあなたの武器になる。必ず理解できる日が来るから、自暴自棄にならないで」

マリアは自分のことをあまり話そうとはしなかった。それでもぼくの方から尋ねれば、隠さずなんでも教えてくれた。彼女の名前が糸瀬《いとせ》マリアだということも、九州の小さな島の出身だということも、その島にもたくさんの神さまがあふれていたということも、マリア自身は信仰にずっと救われてきたということも。

ある理由で父親を許せなかったということも、十七歳で誰にも告げずに島を出てきたということも、上京後の生活が「とても乾いていた」ということも、そんなマリアに手を差し伸べてくれたのがエルクラーノだったということも、エルクラーノは不幸を笑い飛ばす力に長《た》けているということも、いまは二人とも仕事をしながら、通信制の大学で学んでいるということも、聞けばなんでも答えてくれた。

　マリアが教えてくれなかったのは一つだけだ。

「どうしてマリアはお父さんを許すことができなかったの？」

　ぼくがそう質問をしたときだけ、マリアは弱々しい笑みを口もとに浮かべ、小さく首を横に振った。

「それは、いまのマサトには言えない。マサトがもう少し大きくなったらね」

　申し訳なさそうにそんなことを口にしながらも、マリアの目線はいつだって対等で、絶対にぼくを子ども扱いしない。

　マリアは間違いなく信頼に値する大人の一人だ。だから本格的に冬の寒さを感じ始めたある日、ぼくはE号棟の屋上でミッコを彼女に引き合わせた。

　案の定、ミッコははじめ激しく人見知りしていたけれど、同性という気安さがうまく働いたのだろうか。そうでなくてもマリアには人を包み込むような優しさがある。気づいたときには二人は楽しそうに話をしていた。久しぶりに見る、ミッコの心からの笑顔だった。

話しながら目配せしてきたマリアにうなずき、ぼくは先に屋上をあとにした。以来、ミッコはマリアとたまに顔を合わせているようだ。エルクラーノから呼び出しがかかり、そこにマリアが居合わせることはあるけれど、直接ぼくに連絡が来ることはめっきり減ったし、ミッコのことは何も教えてくれない。

それでいいと思っていた。もし次に連絡が来ることがあるとすれば、マリアの手には負えないとんでもない何かが起きたときだという予感があった。

だから、久しぶりにマリアから『きょう時間ある？　屋上で会えない？』というメールが入ったとき、胸がトクンと音を立てた。十二月二十三日、学校は天皇誕生日で休みの日。ミッコの誕生日の前日のことだ。

夕方、屋上には黒い革のロングコートに身を包んだマリアの姿がすでにあった。強い北風に顔をしかめながら、西陽を避けるようにして手をひさしの代わりにしている。

ぼくの姿を確認すると、マリアは柔らかく微笑んだ。

「昨日もミッコちゃん、うちに来てた。ごめんね。いつも借りちゃって」

「そんな。こっちこそごめん。ワガママばっかり聞いてもらって」

「ううん。楽しいよ。妹ができたみたいで嬉しい」

「そう言ってもらうとぼくも嬉しいけど。あの、マリア。先にこれ……」

ぼくはカバンから包み紙を取り出した。せめて感謝の気持ちをと、用意しておいたクリスマスプレゼントだ。

「自分のお小遣いだけじゃたいしたの買えなくて。つまらないものなんだけど」

マリアは目を細めながら包み紙を開けた。シュウマイを模った携帯ストラップだ。クラスの女子の間で流行っているものだし、買ったときはいいかなと思っていたけれど、あまりにもマリアに似合ってなくて少しあわてた。

でも、マリアは嬉しそうに笑ってくれた。そして「嬉しい。欲しかったの、これ」と、冗談とも、本気とも取れないことを口にする。

マリアはふと自分の足もとに目を向けた。

「今日、マサトに来てもらったのは他でもない。ミッコちゃんに誕生日プレゼントを渡してほしくて。本当は昨日あげたかったんだけど。ミッコちゃん、誕生日を祝うとお母さんに怒られるからって、ケーキも食べてくれなかった。そんなこと言われちゃうとさ、なんとなく渡しそびれちゃって」

紙袋の中に、キレイにラッピングされた書店の包み紙が見えていた。ぼくが『青い鳥』を買ったのと同じ本屋のものだ。ただ、ぼくのとは違い、マリアが用意していた包装紙は一辺が三十センチくらいあった。何かの全集だろうかと想像する。

「そんな。悪い」と言ったぼくを無視し、マリアは小さく息を吐く。

「ねぇ、マサト。一つ聞いてもいい？」

「何？」

「なんであなたたちのご両親は離婚しないのかしら。私は、お二人がどんな信仰を持っていてもかまわないと思っている。あなたたちにはかわいそうだけど、どんな神さまを信じるのも個人の自由。そこには誰も立ち入れない。問題は信仰そのものじゃない。お二人が違う何かを信じてしまったことでもない。不幸なのは、お互いが相手を許容できないこと。だったら、お二人は別れたらいいんじゃないのかな」

「それはその通りだけど、でもミッコが……」

「ミッコちゃんもそう言ってたよ。憎み合うくらいなら別れればいいって。私たちのために離婚しないっていうなら、そんなのはやめてほしいって」

「ホント？」

「何がホント？」

「だって……、それじゃ言っていることがあべこべだよ」

うすい壁の向こうからお互いの人間性まで否定する暴力的な声が聞こえてくるたび、ぼく自身思うことだった。もういっそ離婚してくれたらいいのにと、何度願ったかわからない。

でも、同時に思い出すこともあった。いつかミッコが口にした「離婚は絶対に許さない」という言葉だ。そのミッコが「離婚すればいい」と言っているという。ぼくたちの足並みがそろったという感覚があった。

「ありがとう、マリア。ちょっと気持ちが楽になった」

不思議そうに首をかしげたマリアに、ぼくは続ける。

「ミッコの気持ちを知れて良かった。あいつ、ぼくには何も言ってこないから」

いまにも沈みそうな太陽を背に、富士山が影になっている。だからといって両親がすぐに離婚するとは思わない。けれど、二人が一緒にいることを幸せだと感じてなくて、それをぼくたちのためだと思っているのなら、そんなもの絶対に背負わされたくない。そう伝えることはできそうだ。何度もマリアに礼を言って、ぼくは久しぶりに足取り軽く家に戻った。

その日の夕食時、例によって会話のまったくない食卓で、ぼくは大きく息を吸ってから切り出した。

「あのさ、お父さん、お母さん――」

二人は怪訝そうな目を同時に向けてきた。ミッコも含めた三人の視線を浴びながら、ぼくは自分でも不思議なくらい落ち着いていた。

「二人にお願いしたいことがある。もう二人とも宗教の活動をやめてほしい。それができないって言うなら、お父さんも、お母さんも同じ神さまを信じてほしい」

食卓の空気が一気に凍りつくのがわかったが、ぼくはかまわず言い切った。

「二人が違うものを信じてることがぼくたちは苦しいんだ。同じ神さまを信じてくれるならたぶんぼくたちも受け入れられる。でも、そうすることができなくて、それでいまの状況を二人とも幸せと思ってないなら、もう別れてよ。ぼくたちのせいでそれができないなんて言わないで。ぼくたちはもうそんなに子どもじゃない」

両親のみならず、ミッコも驚いた表情を浮かべている。でも、ぼくは間違ったことを言ったとは思わなかった。別れたいならそうすればいい。開き直っているつもりもなく、本当にそう思った。

でも、結局はその言葉がきっかけで、ぼくは久しぶりにひどい目に遭った。持っていた箸をテーブルに叩きつけると、まず父が「バカバカしい!」と家を出ていき、その直後、半狂乱の状態に陥った母から泣き叫ばれながら、背中を叩かれた。

背中に強い痛みを感じながらも、ぼくは必死に笑っていた。いまだけだ、いまだけだ……と心の中で繰り返して、絶対に涙は見せなかった。

母はいつまでもぼくにヒモを振るっていた。決して泣くことはなかったけれど、そのうち笑みは引っ込んだ。

でも、どれだけ痛めつけられても、ぼくは神さまに祈ったりなんてしなかった。号泣しながら代わりに母に謝っているミッコを見つめながら、祈ることだけはしなかった。


学校が休みの土曜日、クリスマスイブ。そしてミッコの九歳の誕生日。いつもと何かが違うことを少しだけ期待していた朝は、笑えるほどいつもと何も変わらなかった。

「もう出るぞ。早く顔を洗って、仕度しろ。遅れたらみんなに示しがつかないだろ。お前たちのために遅刻するわけにはいかないんだ」

起き抜けのぼくとミッコを見るなり、父は目をつり上げた。ぼくたちは怒られないためだけにあわてたフリをする。

準備をしている間、母はぼくたちを見ようともしなかった。きっと父と母の間で取り決めがあるのだろう。たとえばお互いの信じるものについて口出ししないというような、お互いの生活には干渉しないというような、ぼくたちを扱える時間は半分ずつであるというふうな。

母は一人でダイニングテーブルに腰を下ろし、聖書を広げている。とはいえ、落ち着いて読み込むという感じではない。絶えずイラついたようにテーブルを指で叩いている。万が一ぼくやミッコが似たようなことをすれば、目の色を変えて怒るだろう。

「今日は何時頃戻るの？」

ついに耐えきれなくなったように、母は尋ねてきた。父に対する質問のはずなのに、視線はぼくを向いている。

仕方なくぼくが父に尋ねた。

「今日、何時に終わる？」

「わからん。いつも通りだろ。昼過ぎだ」

「昼過ぎだって」

「そう。あまり遅くならないのよ」

早く帰れって言ってるよ……と、本当はそこまで言ってやりたかったけれど、怒られるだけなのでやめておいた。

言えば損するのは自分自身だ。たとえば「離婚すれば……？」と、二人に水を向けた昨日の夜のように。たった一言のせいでたがが外れたように母から背中を叩かれた。『婚姻の解消は禁じられている』というネットの記述を見たのは、その数時間後のことだった。

信じる神さまも、教えも、祈り方も何もかも違うくせに、よりによって「一信会」と「カナンの地平」はその点だけは共通していた。ぼくたちのためなんかじゃない。要は、二人は信仰のせいで離婚できないだけなのだ。

心はこれ以上なく憂鬱なのに、街はぼくたちになどかまわず浮ついている。クリスマス本番を迎えた街路樹の豆電球に、きれいに飾りつけられた店頭のもみの木。朝から陽気なクリスマスソングと、それに合わせて踊るサンタクロース。

　ぼくたちは父から距離を置いて歩いていた。父が怪訝そうにこちらを向く。

「何をしてる。早く来い」

「うん、ごめん。すぐに行く」

「モタモタすんな。早くしないと置いていくぞ」

「だったら置いていけばいいじゃん」と、ミッコがポツリと口にした。父はさらに眉間にシワを寄せ、一歩、二歩と近づいてくる。

「なんか言ったか？」

「ううん、べつに。さぁ、行こう、ミッコ」と、ぼくは無理やり笑顔を作って、ミッコの手を引っ張った。とりあえずミッコは従ってくれたけれど、どこかやけっぱちな感じで、目に生気がまるでない。

　会場に着くまでの間、ぼくは何度もミッコの横顔を覗き込んだ。ハッキリ言って、ぼくは妹思いだったわけじゃない。口が達者なミッコをずっと生意気と思っていたし、ぼくの生活圏に立ち入らないでほしかった。

　それがいつからか、ぼくはミッコのことばかり考えるようになっていた。学校で一人さびしげに歩いているのを見たときからか、一信会の地域祭で手を握られたときからかは覚えていないけれど、確実にどこかのタイミングで、ぼくはミッコのことだけを思うようになっている。

ただ、それはミッコだけのためだったとは思わない。ぼくは「ミッコを守る」という理由を勝手に作って、自分自身を守っているだけなのかもしれない。

いつかエルクラーノが言っていた。

「オレがマリアを抱いてるんじゃない。オレがマリアに抱かれてるんだ。わかるか、これ。あいつが他では見せない顔を俺だけに見せてくれることで、俺は自分という人間が赦された気持ちになる」

どういう流れでそんな話になったか忘れたけれど、エルクラーノは自慢げな口調で言っていた。龍之介は「なんだよ、それ。言ってて恥ずかしくないわけ?」と、腹を抱えて笑っていたし、エルクラーノも眉を下げたけれど、ぼくはその言葉にハッとした。

家族の中にミッコがいない画がふっと過った。すると、そこに正気を保った自分の姿を思い描くことがどうしてもできなかった。エルクラーノが「赦された」と口にするのと同じように、ぼくはミッコに救われている。そう思う方がしっくりきた。ぼくはミッコを守ることで、正気を保っていられるのだ。

この日の勉強会は誰かの家ではなく、同じ西町内にある一信会の〈笹原地域センター〉というところで行われた。

　会場にはたくさんの子どもたちが集まってきていた。勉強会のたびに顔を合わせるクラスメイトもいれば、会ではじめて見かける同級生もいる。中心を陣取るようにして、井上さんの姿もあった。

　ふと目が合って、ぼくは手を上げたが、井上さんは気づかぬフリをして友だちとの会話を続けていた。秋にあった一信会の地域祭で、会場の出口で見つめ合って以来、井上さんとは言葉を交わしていない。会の活動に否定的なことに怒っているのか、失望しているのか。ぼくに対する気持ちを聞かずに済んだし、井上さんに対する自分の気持ちを保留したまま過ごしてきた。

　いつもよりなぜか活気に満ちた勉強会は、父のこんな一言から始まった。

「では、今日は年末の恒例だな。来年の児童部の部長を決めたいと思う。来年六年生になる高学年の部と、四年生に上がる低学年の部、それぞれから立候補、または推薦はあるか。まずは六年生からだ」

　教室ほどの広さのホールの壇上に父が立って、子どもたちは体育座りをしている。子どもたちを囲むようにして保護者の人たちが立っていて、会場の様子はさながら授業参観のようだった。

父の問いかけに、子どもたちはざわついた。いくつもの揺れる頭の上に、すぐにスッと一本の手が挙がる。その白い腕に見覚えがあった。父は最初にぼくを見て、仕方ないというふうにその腕の主に目を向ける。

「香か。いいぞ。どうだ、他に誰かいないのか？」

父がぼくに向けて言っているのはあきらかだったが、ぼくはうつむいていた。そのうち同じ学校の子たちを中心に拍手が湧いて、それは背後の親たちにも広がって、父は二度、三度とうなずいた。

「わかった。じゃあ、香、来年の高学年の部の部長として一言だ」

さらに大きな拍手に迎えられて、井上さんが父の横に立った。井上さんは以前からは想像もつかないほど堂々としていた。そして「笹原小学校五年一組の井上香です」という一言を皮切りに、「革命」や「啓蒙《けいもう》」、「解放」や「蜂起」といった勉強会でよく聞く単語をちりばめたスピーチをみんなの前で披露した。

子どもたちの顔がみるみる紅潮していった。まるでみんなとぼくとの間に見えない結界が張られているかのように、ぼくの心は冷え込んでいく一方だ。

井上さんが話している間、ぼくは自分とみんなを隔てている見えない線の正体について考えた。

なんとなく背中に熱を感じて、振り返ったとき、その答えは見つかった。井上さんの両親がそろって前のめりになり、祈るように娘のスピーチに聴き入っているのが目に入った。腑に落ちる思いがした。そして少しだけうらやましかった。

ぼくの好きだった父が、優しかった母が、同じ神さまさえ信じてくれていたら、ぼくたち兄妹はこんなに苦しまなくて良かったはずだ。ここにいるみんなと同じように、当然のものと受け入れていたに違いない。〝家族〟というあり方を当たり前のものと信じるのと同じように、きっと気づけばそばにあった。

つまりは「一信会」も「カナンの地平」も関係ないのだ。教えがどうかとか、何が正しいかとかも実はぼくらにとってはどうでも良くて、ただそのどちらかを選択するということが、父と母のどちらか選べと迫られていることに等しいというだけだ。

スピーチを終えて高揚《こうよう》している井上さんの頭を、父は優しくなでた。もう何ヶ月も、ぼくやミッコがされていない行為だ。それが一信会の教えなのか知らないけれど、二人が本当の家族のように見えて胸が痛む。

父は再び子どもたちに目を向けた。

「それでは、次に低学年の部だな。誰かいないか。いまの香のカッコいい姿を見て、我こそはと思う者がいるだろう」

父は諭すように尋ねたけれど、今度はなかなか手が挙がらない。みんな一様に視線を下に向けて、気まずそうに身体を揺すっている。

ぼくはミッコを心配した。来年四年生に上がるミッコが、父を喜ばせるためだけに手を挙げるのではないかと思ったのだ。

でも、その心配は必要なかった。ミッコはぼくのとなりでやっぱりかたくなにうつむいている。

「そうか、なら推薦はいるか？　この人なら任せられるという同志は？」

その瞬間、地域祭で見かけたミッコのクラスメイトという男子が、待ってましたというふうに手を挙げた。

「僕は馬上美貴子さんがいいと思います！」

部屋の空気が敏感に変わる。ぼくは何が起きたかわからなくて目を見開いた。父もまた怪訝そうに眉をひそめる。

「理由は？」

「だって、おじさんの娘だから。ブロック長の子どもなんだからそれくらいやらなくちゃいけないんじゃないかと思います」

手のひらにじんわりと汗が滲む。そんな理由で……という憤りは、だけど直後に部屋中に沸き起こった「私もそう思います」「うん、僕も」といういくつもの声にかき消された。

ミッコのクラスメイトの男子は、たくさんの賛同を得て自信を深めた。

「それに、馬上さんは会の一員として自覚が足りてないと思います。いつもつまらなそうに下を向いているし、歌も一緒にうたってません。低学年の部長をやって、逆に僕たちを引っ張ってくれた方がいいと思います」

先ほどよりも大きな拍手が湧いた。父は鋭い視線をミッコに向けている。ミッコはあいかわらず感情のない目をしていて、微動だにしようとしない。

その姿を目にしたとき、胸の中で何かがわなないた。でも、「ちょっと待ってよ！」と声を上げたぼくを、ミッコがさっと手で制す。緊張した空気の中、求められたわけではないのにミッコは父に歩み寄った。

そっと横に立ったミッコに、父が問いかける。

「一度始めたらもう後戻りはできないぞ。お前に本当にやれるのか？　生半可な気持ちでは絶対に務まらないからな」

ミッコは「はい」とよそ行きの返事をした。そして、顔を上げて語り出した。児童部の低学年部長としての挨拶を始めた。

「馬上美貴子です。笹原小学校三年一組で、ブロック長のお父さんの娘です——」

そんな言葉から始まったスピーチは、やっぱり「啓蒙」や「解放」といった単語で彩られていた。心が伴っていないことは誰の目にも明白で、ぼくはミッコがミッコでなくなってしまったようでこわかった。

その後、いくつかの事務的なことが行われて、時計の針が十二時を指したとき、勉強会は終わった。「終了!」の掛け声とともに部屋を飛び出していったミッコを、ぼくもあわてて追いかける。

ミッコはトイレを探していたが、はじめて訪れる会場でぼくにも場所がわからない。ミッコはついに耐えきれなくなって、廊下にうずくまり、その場で吐き出してしまった。すんでのところでぼくが両手を差し出し、なんとか会場を汚さずに済んだ。

不思議と汚いとは思わなかったが、そのとき、頭の上から「うわー、きったねぇ」と冷笑する声が降ってきた。見上げると、ミッコに部長を押しつけた男子が、ぼくのクラスメイトと笑っていた。

両手が塞がっていて本当に良かった。もし手に吐《と》瀉物《しゃぶつ》がなかったら、ぼくはかまわず殴りかかっていたに違いない。

「お前ら、殺す。絶対にいつか殺すから」

腹の底から声が漏れた。二人は怯んだように視線を逸らす。「もう、いい。お兄ちゃん、ごめん。ごめんね……」というミッコの声に、ぼくは我に返る。目頭が熱くなっているのを自覚した。

トイレの個室に入ると、ミッコは激しく泣き出した。「もうイヤだよ、イヤだ」と堰《せき》を切ったように繰り返すミッコの背中をなでながら、ぼくはなんとか涙をこらえ、「もう帰ろう」と口にした。

ミッコは一向に泣き止んでくれなかった。当然だ。ぼくたちに帰れる場所などないのだから。

家では母が待っている。

今度は「カナンの地平」が手ぐすね引いて待っている。

足取り重く団地の階段を上り、戸を開くと、母は正座して待っていた。また良からぬことが起きると悟ったのは、母の目が赤く潤んでいたからじゃない。そのひざの前に、ラッピングされた四角い箱があったからだ。マリアから託されたミッコの誕生日プレゼントが、母に見つかったのだ。

「どういうことなのか説明しなさい！　祝い事は許されないって、お母さんあれだけ強く言ったじゃない！」

ミッコがため息をついた。その態度をバカにしていると思ったのか、母は烈火のごとく怒り出す。「何よ、その態度は！」と、耳をつんざくような大声を張り上げ、ミッコの襟首《えりくび》を引っつかんだ。

ぼくはあわてて間に入った。

「もうやめてよ。ぼくがあげたものなんだ。叩くんだったら、ぼくを叩いて」

「どういうこと？　なんであなたがこんな高価なものを用意できるの！」

「ちょっと待ってよ。中身を見たの？」

「なっ……。話を変えなさんな！」

「見たの？」

自然と声が冷たくなる。ハッキリ言って不気味だったし、母が化け物のように見えた。中身を見るという行為に対してではない。一度は中身を調べたくせに、再び包装するという行動に対してだ。

目をつり上げた母に、ぼくは子ども部屋に連れていかれた。服を脱がされ、再び泣き出したミッコに見守られながら、いつもより強く背中を叩かれた。痛みは不思議と感じない。ミッコを痛い目に遭わせずに済んで良かったと安堵したくらいだ。そう思うことで、やっぱりぼくは自分を保つことができるのだと確認した。

それがきっと油断になった。叩けども、叩けども一向に響かないことに業を煮やし、母は怒りの矛先を変える。

「ミッコ、あなたも服を脱ぎなさい」

「なんでだよ、ミッコは悪くないじゃん！　おかしいよ！」

「うるさい！　口答えするな！　これはミッコのためなの！」

一度そう叫んだあと、母は気を取り直すように続けた。

「わかってちょうだい。これはあなたたちのためなの。あなたたちへの愛なのよ」

どれだけ力説されたって、ぼくにはニセモノとしか思えなかった。その怒りも、愛とうそぶく行為も、母の存在そのものさえも、うすら寒いものに思えて仕方がない。

「もういい。逃げろ、ミッコ」とこぼした声に、ミッコはこくりとうなずいた。だけど、踵を返そうとするよりも一瞬早く、母はミッコを羽交い締めにした。そして、強引に上着を脱がせにかかった。

ぼくよりもいくらか弱かったとはいえ、結局ミッコも背中を叩かれた。皮膚を打つ乾いた音が生々しくて、ぼくは耳を塞ぎたかった。

ミッコは拳を握りしめ、懸命に痛みに耐えていた。その力のない表情を見つめていたら、ああ、もう限界だ……と、口から漏れた。
この世で一番嫌いな音が一定のリズムで部屋に響いていた。

10

母が外出してもまだ、ミッコはしくしくと泣いていた。

少し嗚咽が治まりかけたとき、ぼくからミッコに問いかけた。

「もう逃げようか」

いつものミッコなら、それでも冷めた表情を浮かべたと思う。冷めた目でぼくを見て「逃げるところなんてないじゃん」と言っただろう。

でもミッコは目もとを拭いながら、何度も、何度もうなずいた。ぼくは携帯を手に取った。頼れる人間は一人しかいない。いや、一人でも頼れる友だちがいることが、いまのぼくにはこれ以上なく心強い。

『ごめん、龍之介。もうここにはいられない』

そう打ったメールに、親友はあっという間に返事をくれた。

『奇遇《きぐう》だな。実は俺も一人はイヤだなって思ってたんだ。クリスマスイブだからかな。今夜も誰も帰ってこない。パーティーしようぜ』

そのやり取りを消去して、ぼくは携帯をベッドに放り投げる。ミッコは母がゴミ箱に投げ捨てたマリアからのプレゼントを拾い、胸に抱える。

ぼくたちは荷物を詰められるだけリュックに詰めて、足音を立てずに部屋を出た。扉を少しだけ開け、両親がいないことを確認すると、一目散に走り出した。本当に二度とこの家に戻ってくるつもりはなかった。それだけの覚悟がぼくたちにはあった。

龍之介の家までの道のりがいつもより長く感じられた。最近まで住んでいたのがウソのように、周囲には懐かしい空気が立ち込めている。楽しい思い出ばかりよみがえった。サニータウンはまだ家族が家族として機能していた頃の象徴のようだ。

あきらかに泣き腫《は》らした顔のミッコを見ても、龍之介は笑みを消さなかった。

「早かったな。早速だけど、ミッコちゃん、今夜は何食べたい？」

「なんでもいい」

「じゃなくて、何がいい？　今日は君の誕生日なんだ。好きなものを言えよ」

「じゃあ、ハンバーグ」

「うん、それと？　今度はクリスマスの分」

「ピザ」

「よし、きた。一緒にケーキも買ってこようか」と、龍之介は目を細める。そしてゆっくりとぼくの方を向き、口を開いた。

「話はあとでゆっくり聞くけどさ。とりあえず大変だったな。二人ともこれまでよくがんばった」

龍之介が買ってきた食材を使って、三人で夕飯の仕度に取りかかった。一人の時間の多い龍之介は料理も上手だ。瞬く間においしそうな料理が出来上がる。デミグラスソースのハンバーグに、チキンのサラダ、キノコのスープ……。

最後に注文したピザも届いて、テーブルは隙間なく埋められた。ここ数ヶ月、ほとんど野菜しか食べていなかった身としては、色合いだけでも夢のようだ。

「せめて気分くらいはな」といたずらっぽく言って、龍之介はアップルタイザーという飲み物をワイングラスに注いだ。

「うわぁ、キレイ」

グラス越しに炭酸の泡が弾けるのを見つめ、ミッコは夢見心地といったふうに頬を染める。

「じゃあ、ミッコちゃん。九歳の誕生日おめでとう。それとメリークリスマス。いろんなことを忘れて、とりあえず今日は目いっぱい楽しもうな」

ミッコを囲むように三人で乾杯して、パーティーは幕を開けた。朝の勉強会、そして昼間のヒモ打ちと同じ日であるのがウソのように、ミッコはよく食べ、よく笑った。

数ヶ月かけて縮んだ胃を一気に伸ばし、すぐに気持ち悪くなったけれど、食べ続け、それでも「甘い物は別腹だーっ」と叫んでケーキを頬張っているとき、チャイムが鳴った。瞬時にミッコと目を見合わせて、緊張する。

龍之介は意地悪そうに微笑んだ。数十秒後、リビングに飛び込んできたのは二人のサンタクロースだった。それぞれヒゲとメガネで変装はしていたが、誰だかすぐにわかった。

「メリークリスマース！　さぁさぁ、いい子のみんなにプレゼントを持ってきたよー」と冗談っぽく言ったのはオガちゃんで、「ミッコちゃん、誕生日おめでとう。これ、私と龍之介からのプレゼントね」と、正体を隠すつもりがなさそうなのは相澤だ。

いきなりいくつものプレゼントを手渡されたミッコは、得意の人見知りをしてぼくの背中のうしろに隠れた。でも、きっと気を遣ったのだろう。「ありがとう、サンタさん」と、健《けな》気《げ》なことを口にする。

オガちゃんは「サンタだなんて思ってないくせにー」と笑った。相澤の方はとっくに帽子を脱ぎ捨てていて、「もう、家出てくるのも大変だったんだからね！」と、龍之介に怒りをぶつけた。

龍之介がキッチンでメールしている姿を思い出しながら、ぼくは二人に「ありがとう。ごめんね、こんな日に」と頭を下げた。オガちゃんが照れくさそうに微笑んで、「いいよ、そんなの。そんなことより、ケーキ、ケーキ」とつぶやいた。

あらためて五人で乾杯し直して、パーティーを続けた。龍之介が選曲したジョン・レノンの旋律が、間接照明だけの部屋を漂う。ぼくは一度だけリビングのパソコンを借りて、オガちゃんの〝捨てアド〟なるものを使わせてもらって、メールを打った。ベッドに投げ捨てきた自分の携帯のアドレスに宛てて、一言だけ。

『二人とも無事なので心配しないでください』

龍之介の家の電話が鳴ったのは、その直後だ。さすがの龍之介も緊張した面持ちで「しっ」と指を口に当て、深呼吸して電話を取る。

「ああ、おじさん？」

その一言で、電話の相手が父だとわかった。龍之介は動揺した様子を見せず、淡々と応じている。うん、俺にも同じメールが来たよ……。無事だから心配するなって……。俺には征人の気持ちがわかるけど……。おじさんたち、最近ちょっとひどいんじゃない……？　たぶん明日には連絡あるよ……。とりあえず、いまうちに彼女が遊びに来てるからさ……。いや、アテなんてないよ……。うーん、警察に届けたって征人たちは余計出てきにくくなるだけだと思うけど……。

十分ほどして電話を切ると、龍之介は仕切り直しだというふうに「さてと、なんの話をしてたっけ？」とおどけてみせた。電話の内容を話そうとはしなかったし、ぼくからも尋ねようと思わなかった。

長い一日でよっぽど疲れていたのだろう。パーティーを再開した直後、ミッコがうつらうつらし始めた。

ぼくと龍之介でミッコを二階の部屋に連れていく。その間、オガちゃんと相澤はそれぞれの自宅に連絡を入れた。二人とも、もう少し一緒にいられそうだという。その優しさが嬉しかった。

ミッコがいなくなると、部屋の緊張感が一つ解けた。オガちゃんが思い出したようにカバンからDVDを取り出した。

「ねぇ、せっかくだからこれ観ない？　征人くんには話したことがあったと思うんだけど、『ぼくらの七日間戦争』。どうだろう？」

ボンヤリと龍之介の顔を見る。映画好きの龍之介は興味を示したようだった。爛々と輝くその瞳を、なぜか相澤が頬を赤らめて眺めている。

ぼくとオガちゃんが絨毯《じゅうたん》の上にあぐらをかいて、龍之介と相澤がソファに腰を下ろし、DVDを挿入した。

次の瞬間、ぼくは物語の世界に没頭した。始まる前まで気になっていた背後の龍之介たちの存在を忘れ、オガちゃんも視界から消えた。ああ、すごい。いまのぼくにピッタリだ。そう思ったのも、映画が終わったあとのことだった。

『ぼくらの七日間戦争』は、とある海沿いの中学校が舞台だった。管理教育の行きすぎた教師や勉強を強いる親たちに十一人の生徒が手を組んで、学校の授業をボイコットする。

廃工場に立てこもり、奪い返そうとする大人たちに、あの手、この手を使って立ち向かう。最後はそこに隠されていた戦車を使って、何発もの花火を空高く打ち上げる。そんな物語だ。

エンドロールが流れている最中、「どうだった？」と、不安そうなオガちゃんの声が聞こえてきて、やっと現実に戻ってこられた。

「良かった。すごく良かった」

ぼくが思ったままを答えると、オガちゃんは顔をくちゃくちゃにほころばせた。そして「もっとすごい話があるんだぜ」などと言って、なぜかケラケラと笑い出す。

「主役の女の子いただろ？」

「うん、あのかわいい子」

「あの人、宮沢りえっていう女優さんなんだけど、なんとこの数年後にヌードになるんだぜ。裸になって写真集を出したんだ」

「ウソだよね？」

「いやいや、ホントだよ。たしかお父さんの本棚にもあったと思う」と、龍之介がぼくの質問に答えて、そのまま二階に上がっていった。

数分後に戻ってきた龍之介の手には一冊の本が握られていた。『Ｓａｎｔａ Ｆｅ』というタイトルの写真集だ。

手渡されたその本をぼくはパラパラとめくってみる。いや、途中まではパラパラとめくっていたはずなのに、いつの間にか食い入るように見入っていた。相澤の「馬上ってホントにムッツリスケベだよね」という冷たい声が聞こえたが、視線は逸らせない。

ぼくの心の内を見透かしたように、龍之介がＤＶＤのパッケージを見やりながら、しみじみとつぶやいた。

「この清純そうな子がヌードだもんなぁ。人生ってホントに何が起こるかわからないぜ」

その一言をきっかけに、宮沢りえという人を巡って、みんなが楽しそうに話し始めた。ぼくはその輪には加わらず、ボンヤリとテレビ画面に目を向けた。

電源の落とされたモニターに、みんなの姿が映っている。笑っている三人と、一人だけ真顔のぼく。春先とそう変わらない姿のみんなと、すっかり痩せ細ってしまったぼく。今日あった出来事が不意によみがえった。

「ねぇ、龍之介。ぼくとミッコに三浦の別荘を貸してもらうことってできないかな」

ぼくが呆然と口にしたとき、部屋がしんと静まり返った。三人がいっせいにぼくを見る。ぼくはなぜかその視線を撥ね返したくて、胸を張った。

もちろん、映画と同じことができるとは思っていない。ぼくには一緒に「エスケープ」してくれる仲間はいないし、籠城《ろうじょう》するだけの知恵も、技術も、体力もない。たくさんの花火を打ち上げられるわけがない。

でも一発だけ、たとえたった一発のロケット花火だけだったとしても、打ち上げることはできないだろうか。親に対して、大人たちに対して、ぼくがやれる精一杯の反抗――。もし自分にそのチャンスがあるとすれば、場所は三浦の別荘しか思いつかない。

龍之介がぼくを睨んでいた。そんな勘違いをしてしまうほど、龍之介の視線は鋭かった。

「そうだな。俺も同じことを考えてた」と、龍之介はポツリと切り出した。

「同じこと？」

「お前たちが逃げる場所は一つしかないよなって。たとえ戦おうと思ってるんだとしても、その場所は三浦しかないよなって」

「逃げる……。戦う……」

龍之介の発した言葉を、ぼくは目を見開いたまま繰り返す。龍之介は気にする素振りを見せず、柔らかい笑みを口もとに浮かべた。

「どっちにしても舞台は三浦だよな。うん、で、どうする？　すぐに出るか？　カギならあるぞ」

ぼくは一緒に笑うことができなかった。

「ううん。ごめん、いまじゃない。たしかに限界だって思ってるし、ミッコにはかわいそうだけど、ぼくにはまだ武器がない」

「武器ってなんだよ？」

「龍之介は覚えてない？　いつかマリアが言ってたの。あなたの大切なものを守ってくれる武器って。ぼくにはまだそれがないんだ」

小さなため息が自然と漏れた。限界と思う気持ちにウソはない。本当はいますぐにだって出ていきたい。でも、ミッコのことを思えばこそだ。もうこれ以上、あいつを傷つける戦いはしたくない。

「それが戦うっていうことなら、ミッコにももう少しだけがんばってもらう。ぼくたちは逃げたいとは思ってない」

引き絞るように口にしたぼくを、龍之介は見つめていた。そして小刻みにうなずき、意を決したように口を開いた。

「あのさ、征人。お前がもし本当に大人たちと戦おうと思ってるなら、少しでもいい。なんでもいいから、何か証拠を残してもらえないか？」

「証拠？」

「本当にどんなものでもいいんだ。たとえば暴力を振るわれていることとか、行きたくもない会合に連れていかれることとかさ。音源でも、写真でもなんでもいいから、可能な限り形として集めておいてほしいんだ」

同じようなことを、以前マリアからも言われたことがある。そのときは親を売るようなマネをしたくなくて、やんわりと拒否したけれど、ぼくは素直に「うん」と答えた。

自分で言っておきながら、龍之介はなぜか申し訳なさそうに頭を下げた。その顔から視線を逸らして、ぼくは誰にともなく問いかける。

「ねぇ、文章にするのなんて、やっぱり証拠にはならないよね」

「文章？」と、オガちゃんが首をかしげた。

「うん。五年生になってからあったこととか、感じていたこととかを、できる限り原稿用紙にまとめてみたいって前から思ってて」

「ああ、それはすごくいいと思う」と、オガちゃんは頬をほんのりと赤らめた。相澤も表情を輝かせて「馬上、作文うまいもんね。いつかの授業参観のやつなんてすごかったし」と賛同してくれた。

ぼくは少しだけ勇気が湧いて、声を強めた。

「みんなにも読んでもらうから。意見を聞かせて。オガちゃんの知識とか、相澤の女子目線、龍之介の大人びた感じとかが全部組み合わさったら、すごいものになるんじゃないかって」

そんなぼくの逸る気持ちを削ぐように、龍之介が思ってもみないことを尋ねてくる。

「タイトルは?」

「え?」

「だからタイトル。その作文の」

「わからないよ、そんなの。『ぼくと宗教』とか?」

「ダメだよ、そんなの。読む気がしない」

「ええ、ちょっと待ってよ。だって、そんな……」

そう言いながら、ぼくは小さく息をのんだ。もちろん、この瞬間までそんなこと考えてもいなかったけれど、頭の中で何かが激しく瞬いた気がした。

「じゃあ『ぼくんちの宗教戦争』とか、そんな感じで」

呆けたような顔がキレイに三つ並んでいた。ぼくはすぐに照れくさくなったが、相澤、オガちゃん、龍之介の順に、笑みが弾ける。

「いいな、それ! 書けよ、征人。いますぐ書け!」

そんな龍之介の言葉をきっかけに、みんなは大騒ぎし始めたが、ぼくは一人乗り遅れた。大変な宿題を突きつけられた気持ちになったのだ。

手が小刻みに震えている。でも、この宿題が自分の現状を打ち壊すという確信もあって、ぼくは拳を強く握りしめた。

その後、しばらくみんな話していたが、そのうち龍之介が寝てしまった。それを見たオガちゃんが「それじゃあ、僕はそろそろ帰るね。もうこんな時間だ」と、申し訳なさそうに口にした。

時計に目を向けて、ぼくははじめてもう零時を過ぎていることを知った。

「ごめんね。こんな遅くまで。大丈夫？　一人で帰れる？　送っていこうか？」

見送りに出た玄関で尋ねると、オガちゃんは「それじゃうちから戻るとき、征人くんが一人になるじゃない。そうしたらまた僕がここまで送ってこなくちゃならないよ」と、おかしそうに肩を揺すった。

靴紐を結ぶと、オガちゃんは照れた様子もなく言ってきた。

「征人くんはミッコちゃんのそばにいてあげなくちゃ。あんまり戦力にならないかもしれないけど、僕も絶対に味方だし、協力するからさ。がんばってね。でも、ホントに無理は禁物だよ」

「うん、ありがとう」

「がんばって」

そう最後に繰り返し、ガッチリと握手をして、オガちゃんは気持ちを奮い立たせるようにして帰っていった。

リビングに戻ると、相澤がソファの龍之介に毛布をかけていた。その表情は学校では見たことがないほど柔らかくて、ぼくはつい見惚れてしまう。

相澤はゆっくりとこちらを向いた。この場に二人しかいないような錯覚を抱いて、ぼくはドギマギする。

「相澤はまだ帰らなくて平気？」

ぼくの質問に相澤は小さく首をかしげて、「私は酒井さんのところに泊まるって言ってきたから。そうじゃなくてもうちの両親は二人とも放任主義だからさ。べつに何時に帰っても怒られない」とささやくように答えた。

相澤の不思議な態度には気づいていた。普段は下の名前で呼ぶ酒井を「さん」づけし、そう言うときの顔もどこかさびしげだ。

それなのに、ぼくはやっぱり余裕がなくて、相澤の気持ちには気づかないまま、たぶん一番触れてはいけないところに触れてしまった。

「そうなんだ？　今日、愛川くんは？　クリスマスイブって普通は一緒に過ごすものなんじゃないの？」

「普通はって、どういう意味？」

「いや、だって相澤は彼女なんでしょ？　恋人同士っていうか、つき合ってる人たちはっていうか……」

自分で言って、ぼくはやっと思い至った。たとえクリスマスじゃなかったとしても、どうして相澤はこんなところにいるのだろう。龍之介に呼ばれたのは間違いないが、ぼくたちの中に相澤がいて、一緒になって話していたことを、いまさらながら不思議に思う。

相澤は苦い笑みを浮かべた。

「馬上ってホントに鈍感だよね。そうやって周りの人を傷つけるんだよ」

不満をぶつけてきた相澤の声は、でもとても優しかった。そして切り出されたいくつもの告白に、ぼくは心の底から驚き、自分自身の鈍《にぶ》さをひたすら呪《のろ》った。

ぼくは何も知らなかった。たとえば、酒井が違う女子たちとグループを作り、相澤を無視し始めたということも。その理由が、相澤と愛川くんがつき合っているのをおもしろく思わない人間がいたからということも。

愛川くんが自分に火の粉《こ》が降りかかるのを恐れて、もう何週間も前に二人が別れていたということも。相澤の異変に、龍之介が真っ先に気づいたということも。龍之介だけが相澤の味方をしていたということも。龍之介に救われたということも。

例によって自分のことにだけ必死になって、ぼくは何も気づけなかった。

「ごめん……。ぼく、何も知らなかった」

今夜、ぼくたち兄妹が相澤に助けてもらったことが途端にうしろめたく感じられて、ぼくは素直に頭を下げた。

相澤はゆっくりと視線を逸らす。

「でも、私だっていままで誰かを無視したことがあったんだもん。自業自得だよ」

「たしかに。いや、自業自得かどうかはわからないけど、ぼく、ずっと相澤が女子のリーダーなんだと思ってた」

「何それ？」

「だって、相澤がいつも女子をまとめてたじゃん。いつもみんなの中心にいたし、相澤の席の周りには誰かが集まってたじゃん」

「そんなことないよ。嫌われたくないって必死に思ってただけ。私がみんなの中心だなんてあり得ない」

一度そこで言葉を切り、もう一度「あり得ないよ」とさびしそうに繰り返して、相澤は前触れもなく話題を変えた。

「これ、絶対に言うなって言われてたんだけど、実は中島から馬上の家のことは少し聞いてたんだよね。他にもがんばってるヤツがいるから、お前もがんばれっていつも言ってくれてた。私の方こそごめんね、黙ってて」

そう謝ってもらったことで、ぼくは息を吐くことができた。

「いまだけ辛抱しろって、龍之介言ってなかった？　高校を出るまでには楽になるって」

「言ってた」

「あれ、ホッとするよね。どんなにつらいことでも一生続くなんてあり得ない。だから負けるなって」

「そうだね。安心した。でも、私にはあいつがそうやって必死に自分に言い聞かせているようにも見えたけど」

「ねぇ、相澤さ――」

ぼくはポツリとこぼしていた。また「鈍感」って言われるのだろうと思いつつ、どうしても尋ねずにはいられなかった。

「ひょっとしてつき合ってるの？　相澤と龍之介って」

想像していた反応と違い、相澤は真剣な表情を崩さなかった。鼻で笑ったり、呆れたりすることもなく、何かを確認するように首を振る。

「ううん。そんな空気にはならないよ。中島にそんなつもりはないと思う」

その答えで、少なくとも相澤の気持ちを理解することはできた。テレビは消えていて、エアコンもついていない。部屋の空気ははしんと張りつめたままだ。それでもさっきまでの息苦しさは消えていて、ぼくはそうすることが当たり前のように相澤と向き合った。

どれくらいの時間が過ぎたのだろう。

「馬上の方はどうなってるの？　その後はどう？」

「その後って、なんのこと？」

言っている意味がわからず、ぼくは聞き返す。相澤は久しぶりに笑い声を上げて、上目遣いにぼくの目を覗き込んだ。

「そんなの、香ちゃんのことに決まってるじゃん。やっぱり例のことがあるからダメ？　私にはそういうのよくわからないけど、好きな気持ちってそういうことで変わっちゃうもんなのかな」

「あの、それは……」

「べつに責めてるわけじゃないんだよ。でも、馬上はあの子のこと好きだったでしょ？」

「うん、そうだね。好きだった」と、自然と口をついて出た。

「でも、もう好きじゃないんだ？」

「べつにそういうわけじゃない」

「だったら、そう言えばいいじゃん。香ちゃんだって……」

「いや、向こうにはもうそんなつもりがないと思う。それこそ向こうがそういう勘違いをしていただけだと思うから」

「勘違い？」

「うん。ぼくが神さまを信じてるって。お父さんが会を仕切っていて、よく勉強会で顔を合わせてたから、そういう勘違いをして、ぼくを信頼して話しかけてくれてたんだと思う。現にぼくが会のお祭りを途中で抜け出すのを見られた日から、全然話をしてないもん。目さえ合わせようとしてくれない」

相澤はうかがうようにぼくを見ていた。歯切れが悪いのは自分でもわかった。それとこれとはきっと違う。彼女がぼくを嫌うことと、ぼくが彼女を嫌いになることとは、似ているようでまったく違う。

相澤はため息を一つこぼすだけで、それ以上追及しないでくれた。

「ま、何をするにしても悔いは残さないでね。相手のことだけ考えててもいいことなんてないんだから」

夜の深さが増していた。龍之介の寝息は聞こえているのに、ぼくはこの家に二人しかいないような錯覚を抱く。

相澤の表情は柔らかいままだった。だけど「悔いは残さないで」という一言はぼくの心の深い部分に突き刺さり、なかなか消えてくれなかった。

それからもしばらく話を続け、結局ぼくも気づかぬうちに寝てしまった。「ねぇ、ちょっとお兄ちゃん……。お兄ちゃんってば」という声に目を覚ましたときには、もう鳥のさえずりが聞こえていた。

昨夜はあんなに楽しそうにしていたのに、ミッコは夢から覚めたように不安そうだ。キッチンからみそ汁のいい香りが漂ってくる。龍之介と相澤が朝ご飯を作っている。

ぼくは二人に「おはよう。ごめん、寝坊した」と言うと、龍之介がどうってことないというふうに肩をすくめる。

相澤の嬉しそうな顔を確認してから、ぼくはミッコの肩に手を置いて、窓辺に立った。昨夜の昂《たかぶ》りがまだ胸の奥に残っている。だからだろうか。見慣れているはずのサニータウンからの光景がいつもと少し違って見えた。雪を頂いた富士山が、朝の陽にさらされてさんさんと輝いている。

　みんなで囲んだ食卓は明るく、にぎやかで、穏やかだった。いま、この瞬間だけを切り取ることができたら、世界はこんなにも平和なのだ。家に帰ってからのことを考えても不安はなかったし、事実、帰宅して、泣き腫らした目をした母に思いきり頬を張られても、強い気持ちは揺るがなかった。

「この親不孝者、親不孝者！」

　よほど腹に据えかねていたのだろう。そんな考えは浮かびもしないというように、母は革のヒモを手にしなかった。

　そのとなりで父も声高に怒りを叫んだ。落ちくぼんだ目の周りに陰ができ、母と同じことを口にする。

「この親不孝者が！」

　普段は仲が悪いくせに、こんなときばかり足並みをそろえて。一緒に頬を叩かれるミッコの手を握りしめ、ぼくは全身に衝撃が走るたびにうなずきながら、絶対に負けないと自分自身に言い聞かせた。

　そしてようやく説教が終わりかけた頃、「早く今日のことを書かなくちゃ」と、ぼくは声にならない声でつぶやいた。

11

熱が出るほど殴られ続け、二日間寝込み、ようやく復調した朝から、ぼくの目に映る日常は色を変えた。

自分たちの前に横たわる状況に変化はなく、むしろ悪くなっていく一方なのに、受け止め方が違っている。イヤなことが起きれば起きるほど、書くことが増えるという妙な高揚感を抱くようになったのだ。

とはいえ、なかなか書き出すことはできなかった。はじめ、ぼくは原稿用紙の一枚目に『ぼくんちの宗教戦争』と書いた。だけど紙の真ん中にタイトルが浮かんでいるだけで、その後は何をどう書けばいいのかわからない。

しばらく原稿用紙とにらめっこし、書き出しを変えてみようと考えて、ふと最近観た映画のことを思い出した。

「いまの征人なら刺さるかもね」

そう龍之介に勧められて観た映画は、あまりにも映像的で、哲学的で、ぼくにはまったく理解できなかった。でも「ヨブ記」を引用したオープニングだけはとても印象的で、深く心に刻まれている。

試しにと思い、ぼくはタイトルだけの最初のページを破り捨てた。再び考えに考えて、ようやくアイディアが浮かんだとき、ぼくは逸る気持ちを抑えながら、普段なら見たくもないものを戸棚から引っ張り出した。

ギョッとするミッコを無視して、手にした聖書からお目当ての一節を探し当てる。そしてぼくは一行目を書き直した。

〈――すべて神の御霊に導かれている者は、すなわち、神の子である。〉

（ローマ人への手紙・8章14節）

なんかカッコいい……と、ぼくはひそかにニンマリした。母と行う読み込みで見つけた一節だ。

そのとき、ぼくは真っ先に「ふざけるな」という気持ちを抱いた。不安で夜も寝られない状況と、〈神の子〉というどこかノンキなニュアンスとがあまりに似つかわしくなくて、心を逆なでされたのを覚えている。

そのときに抱いた気持ちも一緒に記しておいた。

〈――世界中の神さまたちに告ぐ。クソ食らえ！〉

〈横浜市旭区在住・ナポレオン（11歳）〉

そして、二枚目の原稿用紙にあらためてタイトルを記す。予想した通り、すらすらとペンが走り出した。

本文の書き出しはなんとなく決まっていた。四月、五年生に上がったあの日のことだ。朝、サニータウンの部屋から見た空の青さは、振り返れば、家族の平和を象徴しているかのようだった。

まだ〈広田捺染〉のロゴが入った作業着を着ていた父が、いつものようにテレビを眺めていた。母は朝の恒例とばかりに一人あわてて、朝食を作ってくれていた。

テレビからは〈今日の占い〉が流れてきて、その順位を巡って父と軽口を叩き合った。ぼくをまだ「ちび太」と呼んでいた龍之介が迎えにやってきて、玄関先でジンチョウゲの香りを二人で思い切り吸い込んだ。新しいクラスと、担任の先生に、たしかに胸を弾ませていた。

ぼくが失ってしまった多くのものだ。かすかなほころびすらなく、ぼくのいる世界は正常に回っていた。

学校が冬休みに入ってからは、ヒマさえあれば、ぼくは机の上に原稿用紙を広げた。書き留めていたメモの断片を読み、そこから記憶の糸を手繰《たぐ》っていって、抱え込んできた怒りを吐き出すように、これまでにあった出来事を書き記した。龍之介のアドバイスを受けて何よりも心がけたのは、自分だけが被害者であってはならないということだ。

大晦日《おおみそか》の夜に父と勉強会に出かけ、声高に革命の尊さを説いたあとも、母とミッコの三人で聖書を広げ、除夜の鐘を聞こえないフリをしたあとも、ぼくは両親に見つからないように机に向かった。書くことを楽しみにしていれば、憂鬱《ゆううつ》なはずの活動も不思議とやり過ごすことができた。ぼくは吐き出せる機会を授かった。それは、たしかにぼくの〝武器〟だった。

父の事故を受け、校内放送で名前が呼ばれたところまでを最初の区切りとし、その〈第一章〉を元日の昼に書き上げた。

三十枚きっかりの原稿用紙を目の前に置き、興奮を抑えて電話する。遊びの誘いも断って書いていたことを知っている龍之介は、開口一番「できたのか？」と尋ねてきた。ぼくは「あんまり自信はないけどね」と率直な思いを口にした。

ぼくたちはサニータウン裏のヤルキ森で落ち合った。新年の挨拶もそこそこに、龍之介に原稿を渡す。

一枚目に記した引用を読んで、「うおー！　超かっけー。何これ、めちゃくちゃそれっぽい」と叫んだ龍之介は、それ以降何もしゃべらず、少しずつ真顔になっていった。その表情から感情を読み取ることはできない。龍之介が読んでいる時間がやけに長く感じられた。

龍之介は最後まで一気に読み終えると、無言のまま再び一枚目に戻り、聖書の引用文を読み返した。

「どうだった？　ダメ？」

ぼくが呼びかけると、龍之介はハッとした顔をした。そしてその口から出てきたのは、ぼくの期待した答えとは違っていた。

「これ、俺が預かってもいいか？　そうだな、一週間くらい」

「それは、べつにいいけど。え、どうだったの？　つまらない？」

「いや、驚いたよ。まさか小説を書いてくるなんて夢にも思わなかった。まだ〝宗教戦争〟は出てこないし、お前は何も苦しんでない。でも、不穏な空気はちゃんと感じる。これから何が起きるのかを知ってる俺だって不安になるし、早く続きが読みたい」

龍之介は最後まで「おもしろい」とは言ってくれなかった。肩を落としたぼくに、きっと何かを感じたのだろう。思い出したように付け足した。

「ま、素材だな」

おずおずと首をかしげたぼくを一瞥して、意地悪そうに歯を見せる。

「これからすごいものになるのかもしれないし、どうにもならないのかもしれない。とりあえず明日オガちゃんにも読ませてみる。オガちゃんにチェックしてもらったら、そのあとは相澤だ。二人の感想を聞いて、可能ならマリアたちにも意見をもらって、そのあとに俺が朱《あか》を入れていく」

「そこまでするの？」

「だって征人が言ったことじゃん。大丈夫だよ、最後は俺が責任持って清書する」

ハッキリとした口調でそう言い切ると、龍之介はいきなり真剣な表情を取り戻した。

「なぁ、征人。ちなみにこれのエンディングってもう決めてるのか？」

「エンディング？」

「うん。この物語の行き着く先。もちろん事態はいま進んでいる最中なんだから、難しいのはわかってる。でも、小説ってそういうものだと思うんだよね。物語にする以上、すべての文章がエンディングに奉仕してなきゃいけないと思うんだ。あと、征人の思う宗教とは何かっていうことも書いてほしい。神さまとは何かとか、そうだな、人間とは何かっていうことでもいいんだけど」

龍之介は一息にそう言い切ると、「それを盛り込むのは約束な」と一方的に口にして、〈第二章〉の〝〆切り〟を冬休みが明ける一週間後、一月八日と設定した。

課せられた問いの答えもエンディングもわからないまま、ぼくは八日までに第二章どころか、第三章も半分ほど書き上げてしまった。

そうして手渡していく原稿に、龍之介も次々と手を加えていった。まず手書きの文章をパソコンで打ち直すと、そこに二人の友だちの意見や感想、間違った文字や用法に赤ペンでチェックを入れていく。〝ら〟抜き言葉はきれいになくなって、書き足りない部分には「もっと書き込む！」といった指摘が入り、相談しながらそこを直すと、たしかに原稿は格段に良くなった。

だからといって、すべてを受け入れられたわけではない。どうしても消したくない一文に赤字が入っていたときなどは、「これは絶対に必要だ」「いや、こういうのを蛇足っていうんだ！」「だったら、龍之介が書けばいいじゃん！」「ふざけんな！　テメーは売れない小説家か！」と、ぼくたちは本気でやり合った。

お互い言葉はケンカ腰だったけれど、そういう時間は何よりも楽しかった。龍之介は新しく類語辞典なるものを購入し、ときには出版社でアルバイトをしている大学生の兄まで引っ張り出して、プリントアウトされた原稿はいつも真っ赤に染まっていた。

ぼくも脇目もふらずに書き続けた。あいかわらずエンディングは見えなかったが、机の前でひたすら〝いま〟を追いかけた。そう、必死に〝いま、この瞬間〟を目指したのだ。龍之介は「焦らなくていいからな。いつか必ず追いつくんだ。絶対に書き飛ばすな」とアドバイスしてくれたけれど、ぼくは一日も早く〝いま〟の気持ちを書きたかった。

ミッコはもう限界だ。父に勉強会に連れていかれることも、母に背を打たれることも、もちろん変わらず続いている。

ぼくは書くことで、そしてミッコを守ろうとすることでなんとか心のバランスを取ることができたけれど、ミッコにはそうした武器がない。マリアや相澤がなんとか味方になってくれようとしているが、表情は日に日に鬱いでいる。

三浦行きは近いだろうという予感があった。そしていつの頃からか、ぼくはそのタイミングを、小説が〝いま〟に追いついたときだと思うようになっていた。これを書き終えたときに……。追いついたときに……。

気づいたときには、書きながらそう唱えるようになっていた。

ようやくゴールが見えてきたのは、三月も中旬に差しかかった頃だった。春めいた日がしばらく続き、桜のつぼみが早くも膨らみかけていることを知った日、ぼくはクリスマスイブの出来事までを書き上げた。

一区切りついた充足感に浸りながら、ぼくは団地の屋上に一人で上がった。大きく息を吸い込んで、携帯を開く。そして龍之介を呼び出そうと、メールの作成画面を開いたとき、指の動きが止まった。たったいま原稿用紙に書いた「悔いは残さないで」という相澤の言葉が耳の裏によみがえる。

しばらく携帯の画面を凝視したあと、ぼくはアドレス帳から違う名前を選択した。

『いまから会うことはできませんか?』

返信はないかもしれないという予想は外れて、彼女からのメールはすぐに来た。

『ごめんなさい。ムリです』

ぼくはかまわず返信を綴る。

『どうしても会ってほしい。話がしたいんだ』

春めいた風が頬をなでたとき、ふっと目が乾く感じがした。ぼくは井上さんの住んでいるサニータウンを見上げながら、『お願いです。待ってるから』とさらなるメールを送り、静かに携帯を折り畳んだ。

井上さんと会って何を話そうとしているのか、自分でもよくわかっていない。ただ、話さなければ先には進めない。たとえエゴだと言われたとしても、このまま三浦に行くことはできなかった。

桜の木々は、いまや遅しと咲き誇るタイミングを見計らっている。父が事故を起こしたあの新学期の日から、季節が一周しようとしている。決着をつけなければ。井上さんとも、小説とも、家族とも、神さまとも……。

手に持った携帯が震えた。今度はメールではなく、電話だった。ぼくは緊張もせずに携帯を開いて、「ごめんね。電話、ありがとう」と答えていた。


井上さんと直接会って話をするのは三月二十日と決まった。終業式のあと、サニータウン近くの第一公園で、二人で会おうと井上さんの方から言ってきた。

ぼくはすぐにでも顔を合わせて、思いの丈をぶつけたかったけれど、井上さんは「それはごめん。私にも心の準備がある」と許してくれなかった。その声はいつものように切実で、でもいつになく穏やかだった。

井上さんと約束をした日から一週間、ぼくはさらに集中して原稿を書き進めた。春の嵐が連日続き、どうせ外で遊ぶことができないからと、龍之介には伝えておいた。

「なんだよ、征人。もっと遊ぼうぜ。べつにウチに来て遊べばいいじゃん」

龍之介はわざとらしい泣き顔を作ってみせたが、ぼくは聞く耳を持たなかった。その先にどういった言葉が続くのか、簡単に想像がついたからだ。「もう遊べなくなるんだぜ――」

と、決して最後まで言わないけれど、そんな言葉が省略されているはずだ。

龍之介が東京に越すのは終業式の翌日、三月二十一日と決まっている。引っ越し作業の進む家で遊んでしまえば、ぼくはそのことを痛感する。みんなの目がある教室とは違い、二人きりの部屋では感情を抑えてくれる者はいない。

龍之介との別れを、ぼくはギリギリまで突きつけられたくなかった。そして、気を許せば差し込まれそうになるそのさびしさを、できる限り原稿の中に閉じ込めたかった。

五年生の一年間にあった出来事を綴った小説は、日一日と〝いま〟に近づいている。二人の間に別れが待ちかまえているのを振り払うように、学校で龍之介とバカ話をしているときも、頭の中にはいつも小説のことがあった。

この物語がどこに行き着こうとしているのか、ぼくはあいかわらずわからない。でも、絶対にハッピーエンドで終わらせたいと思うようになっていた。それはいまだ光の見えない毎日に対するささやかな抵抗だ。

三月中は書いて、書いて、書いて。立ち止まっては、悩んで、ひねり出して。そうして出した答えめいたものをまた疑って、何度となく書き直して……。そうしてエンディングではないけれど、小説はついに〝いま〟に追いついた。書くことを決めたクリスマスイブから三ヶ月近くが経《た》とうとしていた。

誰も言葉を発しなかった今晩の食卓のことを書き上げた瞬間、ぼくはそのまま原稿の上に突っ伏した。マメで膨らんだ右手の中指が急にジクジクと痛み出し、頭の芯《しん》がボーッとする。開けていられないくらい目が染みた。

原稿を書き終えることを「脱稿《だっこう》」というのだと、いつか龍之介から教えられたことがある。そのときはあまりしっくりこなかったけれど、一気に全身から力が脱けていくことを思い、こういうことなんだ……と、ぼくは他人事のようにつぶやいた。

布団に入らなきゃと頭で唱えながらも、そのまま眠りに落ちた。どれくらいの時間、寝ていただろう。「ちょっと、お兄ちゃん。生きてる？」という不安そうなミッコの声に、ぼくはあわてて顔を上げた。

もちろん毎日会っているのに、不意に目に入ったミッコはひどく頬が痩《こ》け、げっそりして見えた。

「あ、うん。大丈夫。生きてる」

その答えがツボに入ったようで、ミッコは最近ではめずらしく声を上げて笑った。そして突然ぼくの手を引いて、「ねぇ、これ見て」と、思い切り窓を開け放った。

春とはいえ、まだ寒い日が続いている。でも、ぼくは少しの間、風の冷たささえ気づかなかった。ずっと降り続いていた雨がいつの間にか止んでいて、満天の星がまるで自分たちの意思のようにきらめいているのだ。

「うわぁ、すごい」

思わず声を漏らしたぼくをちらりと見て、ミッコはさらに笑った。そして、「違う。そっちじゃない」と、呆れたようにつぶやいた。

ミッコの指さす方を目で追った。今度は声が出なかった。気づいたときにはベランダの柵から身を乗り出していて、ぼくは目の前に広がる真っ白な光景に目を奪われた。

眼下に桜の花たちが咲き乱れている。無機質な街灯に照らされた花びらは、冷たい風に吹かれて、白く、波打つように揺れている。

「いま何時？」

頭に熱を感じながらミッコに尋ねた。

「もう十二時になるよ。書き終わったの？」

「うん。とりあえず」

「それって、全部？」

「ああ、今日の分までは」

「じゃあ、もう――」

「うん。明日だな」

　そう言って、壁の時計に目を向けた。もう零時を過ぎている。大きく息を吸い込んで、ぼくは言い直した。

「ううん、今日だ。今日、学校が終わったら、この家を出ていこう」

　ミッコの目にみるみる涙が溜《た》まっていく。でも、声を上げることができなくて、必死に口もとを押さえている。

　となりの部屋の両親に起きている気配はない。

「屋上、行ってみようか？」

　そう問いかけたぼくに、ミッコは「うんうん」とうなずいた。静かに家を出て、団地内の公園を横切り、ぼくたちは一階に大きく〈amor〉と記されたE号棟の階段を駆け足で上った。

〈愛〉を意味するというこのペイントを見るたびに、ぼくはあの日のことを思い出す。ぼくたちを救ってくれた出会いのことだ。

「マリアにはちゃんと挨拶しておけよ。絶対に心配するから」

　屋上に上り、それを最後にぼくたちは言葉を交わさなかった。あらためて季節が巡ったことを実感する。家族の物語が始まった日から、一年が経ったのだ。

「ありがとうね。お兄ちゃん」

ミツコのかすれる声が聞こえてきたが、まだ感慨を味わっている場合じゃなくて、ぼくは聞こえないフリをした。

ぼくたちはいつまでも風にそよぐ桜を見つめていた。花たちが胸の決意を後押ししてくれているようで、ぼくは拳を握りしめた。

12

衣装ケースから赤い丸首のセーターを取り出した。上大岡のおばあちゃんの好きな色。一信会のイメージカラー。粗食続きで、あきらかに痩せたはずなのに、ほとんど一年ぶりに袖を通した服はしっかり小さくなっている。

朝の食卓はいつも通りだった。一応、家族でテーブルを囲んでいるのに、みんな無言だ。テレビもついていなくて、食器を突くスプーンの音だけが響いている。

先にミッコが席を立って、五分ほどしてぼくも続いた。今夜のことを悟られたくなくて、なるべく普通にしていたかったが、興奮しているのだろう。つい「行ってきます！」と大きな声を出してしまい、自分の声に少しあわてる。

父は読んでいた新聞から顔を上げ、二度、三度うなずいた。母も面食らったような顔をしたけれど、何かを逃がすまいとするように「気をつけてね」と微笑んだ。

突き抜けるような青空を見上げながら、通学路を足早に行った。笹原団地に引っ越して以来、毎朝必ず待ち合わせしている学校近くの小さな公園で、龍之介も同じように空に目を向けていた。

龍之介は満面に笑みを浮かべた。

「よう、征人！」

今日で離ればなれになることがウソのように、はつらつとした声が耳を打つ。龍之介の振り上げた右手に、ぼくも手を上げてタッチした。

「すげぇよな。一気に咲いたな」

ゆっくりと学校に向かいながら、龍之介は桜の木を見つめていた。

「ね。去年よりずっと早いよ」

「実は俺もさっき去年のことを思い出してたんだよ。というか、去年のことを書いた『ぼくんちの宗教戦争』の冒頭のこと」

「澄んだ空気と、ジンチョウゲの匂い」

「それと、頭に雪をかぶった富士山の景色。サニータウンからは今日もよく見えてたぞ」

龍之介は楽しそうに身体を揺すった。やっぱりぼくたちは一心同体だ。いつだって同じことを考えている。今後、自分にどれだけたくさんの友だちができるか知らないけれど、龍之介以上に心が通じ合える友人ができる気はしない。

大きく伸びをして、春の空気を胸いっぱいに吸い込んだあと、龍之介はどこか気怠そうにつぶやいた。

「いやぁ、完全に季節が一周したんだよなぁ。征人にとって一番つらかった一年は、昨日までの嵐と一緒に終わったんだよ。たぶんな」

ぼくが必死に自分に言い聞かせようとしていたことを、龍之介は恥ずかしげもなく口にする。釣られるようにぼくも言った。

「今日、どこかで別荘のカギを受け取りたい。明日、龍之介の引っ越しを見送ってやれなくなるけど、できれば今夜中に出ていきたい」

龍之介はすぐに悟ったように微笑んだ。

「脱稿したのか？」

「うん。昨日の夜。まだ完成じゃないけど、とりあえず昨日のことまでは書き終えた。続きは三浦で書こうと思う」

ぼくは肩掛けカバンから最後の原稿を取り出した。

「これ、頼む」

「そうか。うん、終わったか……。でも、そうだな。まずはおつかれさん。ご玉稿、たしかにちょうだいいたしました！」

原稿を受け取り、いつものように茶化しつつも、その言葉にはいつものようなキレはなかった。

「どうする？　どこでカギ渡そうか」

「ぼく、今日学校が終わってから井上さんと第一公園で会うことになってるんだ」

「マジで？　そっちもビッグイベントじゃん」

「そのあとでも平気？」

「うん、いいよ。じゃあ、それまでに原稿読んで、感想も伝える」

「ありがとう。そうしてくれたら嬉しい」

「場所は、そうだな。ヤルキ森にしようか。別れの舞台は、やっぱり俺たちにとって思い入れのある場所がいいもんな」

何かを振り払うように、龍之介はわざとへらへらしてみせた。いきなり出てきた「別れ」という単語を聞いて、ぼくの方は咄嗟に言葉が出てこない。

南からの風がそよぐ。ぼくたちの前に横たわる憂鬱な現実なんかにおかまいなく、今朝の桜はとてもキレイだ。


校庭で校長先生の長い話を聞き終え、教室に戻ると、龍之介が教壇に呼ばれた。ざわつくクラスメイトに向けて、拓巳先生は単刀直入に切り出した。

「これから悲しい発表をしなければなりません。ご家族の仕事の都合で、中島龍之介が今日をもってこの学校から転校することになりました。みんなと過ごせるのは実は今日までなんだ。龍之介に言うなって言われててな……。新しい学校は東京だ」

一瞬の沈黙のあと、悲鳴に近い声が教室の中にこだました。拓巳先生は一人一人の顔を見渡すようにして、理解を示すように首を振る。

「みんなもつらいと思うけど、それ以上に龍之介の方がさびしい思いをしていると思う。なるべく笑顔で見送ってやろう」

先生に肩を強く叩かれ、龍之介は一歩前に踏み出した。その表情に迷いはない。ぼくのよく知る意地悪そうな笑顔だ。

「今日で笹原小を去ることになりました。突然ですが、僕の好きな映画には、主人公のおじいさんが娘をいつまでも嫁がせず、自分の便利に使ってしまったことを深く悔いて、ついに娘を嫁がせた日、酔っぱらって、むせび泣くという名シーンがあります。それとはあんまり関係ありませんが、だから僕は絶対に自分は後悔しないようにしたいと思います。胸を張って、次の学校でもがんばります。だから、みんなもやり残しのないようがんばってください。お互いに、悔いを残す生き方をするのはよそう」

たくさんの啞然《あぜん》とした顔を置き去りにして、龍之介は深々と頭を下げた。泣く準備をしていたかのように、ハンカチを手にした女子たちのキョトンとした顔を目にして、ぼくは思わず噴き出した。

龍之介の言う「好きな映画」とは、小津安二郎の『秋刀魚の味』だ。一緒にDVDを観させられたぼくでさえ、あのシーンにはそういう意味があったのかとはじめて知った。映画を観ていない子たちには、なんのことかもわからないだろう。

してやったりという顔をする龍之介のあとを、拓巳先生が苦笑いで引き取った。

「龍之介はいいことを言ったぞ。うん、後悔を残す生き方をするのはよそう。みんなも将来の自分がガッカリしてしまわないように、いまこの瞬間を真剣に選択し続けるんだ。という話を、これから先生もしたいと思います――」

再びざわつき始めたクラスメイトを一瞥したあと、拓巳先生は龍之介に目配せをした。龍之介が小首をかしげながら自分の席に戻るのを見届けると、先生は何度かうなずき、あらためてみんなに顔を向けた。

「実は、先生もこの学校を去ることになりました。六年生になるみんなと一緒にいられないのは残念なんだけど、みんなと過ごせるのは今日までだ。まずはこの一年間、本当にありがとうございました。楽しかったぞ」

龍之介のときと負けず劣らず、悲鳴が響き渡った。そして龍之介のときとは違い、このことにはぼくも声が出てしまいそうなほど驚いた。

先生は笑顔でみんなを見渡したあと、はつらつとした調子で続ける。

「先生は四月から大学の研究室に入ることになりました。向こうに欠員が出たということで、それはずっと先生の夢だったことだし、たくさん悩んで、迷って、考えたんだけど、それこそ悔いを残したくなくてな。決めました」

「それってどこの大学ですか？」

悲鳴の合間を縫うように、尋ねたのはオガちゃんだ。新学期がスタートした日に同じ質問をして、オガちゃんが先生に咎められたのを覚えている。

一年前と同じように、先生は怪訝そうな目でオガちゃんを見つめた。オガちゃんも逃げまいとするように、メガネの奥の鋭い目を拓巳先生に向ける。

ヒリヒリとした静寂が立ち込めた。その緊張に気づいている子は少ないだろう。ぼくには二人の無言のやり取りが見て取れた。

先に目を逸らしたのは拓巳先生の方だった。一年前は「デリカシーに欠ける」と言った先生は、肩で大きく息を吐いて、諦めたような笑みを口もとに浮かべる。

「先生の母校、一信大学だ。専攻は宗教社会学というものだった。俺はそこでもう一度研究したいと思っている。宗教というのは本当に人間にとって救いになりうるものなのか、必要なものなのか。俺自身、悩むことが多くてな。自分自身に牙を向けて、疑問を持って、一から勉強してみたいと思うんだ」

少なくともぼくたちの前で、拓巳先生が自分を「俺」と呼ぶのははじめてだった。そしてみんなに向けて「宗教」と言ったのもはじめてだ。そう口にしたときの透き通った先生の表情に、ぼくは胸を締めつけられる思いがした。

一信会のイベントに連れ出されて、許可も取らずに会場から抜け出した。その日から、ぼくは先生とは口を利くことができなくなった。きっと先生は怒っているのだろうと思っていたし、ぼくもどんな顔をして先生と向き合えばいいのかわからなかった。

けれど、先生を憎いと思ったことは一度もない。きっと先生も同じだったのだと思う。そんな漠然とした予感が確信に変わったのは、じっと目を見合わせ、肩に手を置かれて渡された通知表の中にあった。

成績は軒並み下がっていた。いつもだったら一喜一憂しているはずの評価に、今日のぼくはまったく気がいかない。

『負けるなよ、征人。がんばれ、征人。ずっと応援してるからな。でも、子どもだけの海水浴は禁止だぞ』

三学期の短評の中にあったそんな言葉に、〈ナポレオン〉ではなく〈征人〉という呼び方に、目頭がぎゅうっと熱くなる。

先生にもっと聞きたいことがあったはずだ。「自分自身に牙を向けて」と口にできる先生に、聞かなければならないことはもっとあった。

それなのに、ぼくはきっと先生を立場で判断した。そして勝手に傷ついて、自分の心から排除した。

去年の春、先生がはじめて教室に入ってきたときの胸の高鳴りを思い出して、ぼくは少し後悔した。


準備が整ったら、スマホに電話を入れる。龍之介とそう約束をして、ぼくは三学期の荷物を山のように抱えて、そのまま第一公園に向かった。

ベンチに荷物を置いて、井上さんを待っている間、ぼくは頭上から舞い落ちる桜の花びらを、ボクサーがするようにジャブでつかんだ。彼女がやってきたのは、取った花びらがベンチの上に小山になるほど積み重なった頃だった。

「その赤いセーター、馬上くんによく似合ってるね。いつも思ってた」

台本にあるセリフを読むように、井上さんは最初にそう言った。手が小刻みに震えている。ここに来るまでの彼女の緊張を思い知って、逆にぼくの不安はほどけていった。

真っ青な空に映えるピンクの花を見上げながら、ぼくも考えていたセリフを口にする。実際に言ってみて、はじめてくすぐったい気持ちが芽生えたけれど、井上さんはうなずいてくれた。


「桜、すごいね」

「私、いま見ている桜が一番キレイだと思うんだ」

「どういう意味？」

「わからないけど。大人になってから見るよりも、いまの方がこの木はずっと大きいんじゃないかと思って」

「ああ、うん。それはわかる」

「大人ってみんな言うでしょ？　昔はもっと教室が大きかったとか、学校まで遠かったとか。それと同じように、ひょっとしたらこの桜の木だって、大人の目から見たらそんなに迫力はないのかもしれないと思ってさ」

どちらからともなくベンチに腰を下ろして、それからぼくたちは学校を去っていく二人のことを話した。「中島くんがいなくなるのはさびしい」と井上さんが言えば、ぼくも「拓巳先生ともっといろんな話をしたかった」と、素直な気持ちを打ち明けた。

ぼくたちは同じさびしさを共有しながら、少しずつ心の距離を縮めていった。ぼくにはずっと言いたいことがあったし、井上さんも何か言いたそうにしている。

人があと一人座れそうなぼくたちの間に、ひらひらと桜の花びらが舞い落ちてくる。そのうちの一枚が地面に届くのを待ってから、ぼくは口を開いた。

「ぼく、ずっと井上さんのことが好きだったよ」

胸の中で凍りついていたものが、すっと溶けていくようだった。井上さんはまっすぐぼくを見つめている。肩の震えは消えていたし、握っていた拳もほどけている。

ぼくは息を吸い込んで、

「ずっと話したいと思ってたし、五年生になって同じクラスになれて、舞い上がるくらい嬉しかった。井上さんのことばっかり考えてたし、話すときはいつも緊張したし、でも話せたらやっぱりすごく嬉しくて。ぼくは井上さんのことが好きだったんだ。そのことを、今日は伝えたいと思ってた」

すぐに不安に搦め捕られそうになったけれど、井上さんがそうであるように、ぼくも逃げたくなかった。

ぼくたちの視線はしばらく絡み合っていて、それは何分にも、何十分にも感じられた。ぼくたちはまばたきもせず見つめ合った。いつの間にか視界から桜が消えていて、ぼくの目には井上さんしか映っていなかった。

先に息を吸い込んだのは井上さんの方だ。井上さんは我に返ったように身体を震わせると、柔らかく微笑んだ。そして「なんか馬上くんまでいなくなっちゃうみたい」と、独り言のようにつぶやいた。

その笑顔は長続きしなかった。井上さんは真剣な表情を取り戻すと、首を振りながら顔を上げた。

「でも、いまの私は嫌い？」

「え？」

「っていうことなんだよね。いまそんなこと言うっていうことは」

そのとき、タイミングを見計らったかのように吹いていた風が止んだ。ぼくは一瞬、言葉に詰まった。それはぼく自身、井上さんに尋ねてみたいことだったからだ。

一信会の会員でないぼくを、神さまに「クソ食らえ」とケンカを売ったぼくを、井上さんはきっと許してくれない。たとえば誰かにミッコや龍之介を面と向かって批判されたら、ぼくが絶対に許さないのと同じように。

それでも、ぼくは怯まなかった。ぼくも井上さんも自分たちの意思で神さまを選び取ったわけじゃないからだ。たまたま親が何かを信じていたり、何かを信じていなかったりしただけで、自分たちが必死に考えた上で選択したことじゃない。

生まれたときには、当然のものとしてそばにあった。たとえば両親がそろってキリスト教徒なら、イスラム教徒なら、仏教徒なら、ぼくも迷うことなくそれらの教えを正しいものと信じていたに違いない。キリスト教がどうだとか、仏教がどうだとか考える余地さえなくて、ただ目の前にあるものとして受け入れた。

そんな不確かなものに、ぼくはもう怯まない。井上さんの思いを、考えを否定したいわけじゃない。それが運命みたいな顔をして、遠慮もなく寄り添われているのがイヤなだけだ。

父と母のどちらかを選ぶことができない以上、ぼくは自分の頭で考える。それこそ「あのときはダサかった」なんて、知ったような顔で後悔する大人にならないために。少なくともぼくには救いになんてなり得ていない。たまたま降りかかってきただけのものなら、そんなものやっぱりぼくにはクソ食らえだ。

再び震え始めた手を握りしめて、ぼくは声を絞り出した。

「でも、ぼくが好きになった井上さんは……、っていうか、ぼくが好きになったときには、井上さんはもう一信会の会員だったはずなんだ」

これまでで一番の緊張感が立ち込めた。井上さんは口を挟まないでいてくれたし、ぼくの言葉もつかえなかった。

「それでも、ぼくは井上さんのことを好きになったよ。一年生のときから、五年生になって同じクラスになるまで、何も変わらず井上さんのことが好きだった。だから、そういうことだと思うんだ。ぼくは会の教えを信じないし、きっとこれからも信じることはないだろうけど、だからといって井上さんを嫌いになるわけじゃない。井上さんの信じるものを否定もしない。ぼくの信じるものを押しつけたいとも思わない。井上さんがどう感じるかなんて関係なくて、最後にそれを伝えたかった」

両親の顔を思い浮かべながら、ぼくは言い切った。「そうなんだ。ありがとう」という井上さんの声がかすれている。

「言いたいことばっかり言ってごめんね」

「ううん。ありがとう。嬉しい」

「ぼくの方こそありがとう。ホントにありがとう」

話しているうちにどんどん気持ちが昂っていって、結局ぼくの声もうわずった。井上さんは唇を嚙みしめ、涙をこらえているようだったけれど、ダメだった。

そのうち「すん」というかすれた声が聞こえてきた。すん、すん、すん……と、少しずつその声は大きくなっていって、それが耳に入るたびに、ぼくが懸命に積み上げてきた心の中の壁も簡単に崩壊した。

ずっと泣くのを我慢していた。今日だけじゃない。五年生になって、これがぼくのはじめての涙だ。何度も泣きたくなる場面はあって、でもそれは父や母の神さまを認めるような気がして懸命にこらえてきた。その涙が止めどなく頬を伝っていく。

井上さんの泣き声が耳を打って、ぼくの口から声が漏れる。二人ともあっという間に顔が歪んで、ぼくたちは競うようにして大きな声を上げていた。

しばらく止んでいた風がまた吹き始めた。すぐそこにある手を取ることはできなかったが、宙を舞う桜の花びらを同じように眺めながら、ぼくたちは同じ時間を過ごしていた。


家に帰ると、ミッコはすでに身支度を終えていた。泣き腫らしたぼくの顔を見て不思議そうにしたものの、ミッコは何も言わないでくれた。無言でティッシュの箱を取って、ぼくに手渡してくれる。

この一年で、ミッコはすっかり大人になった。それはたぶんぼくにも当てはまる。大人になるしかなかったからだ。ムリにでも大人びた振る舞いをすることでしか、ぼくたちに心を守る方法はなかった。

父も母も外出していて、ぼくも急いで荷造りをした。学校にいる間に見つかってはならないと、昨夜は準備することができなかった。

すべての支度を整えたとき、時計の針は十六時を差していた。西向きの窓から差し込む優しい陽で、リビングが赤く染まっている。この家に思い入れはないし、べつに懐かしい光景じゃない。なのに、なぜか感傷的な気持ちが芽生えそうになる。

龍之介にメールを打とうと携帯を手に取った。しかし、すんでのところで玄関のカギを開く音が聞こえてきた。

ぼくたちはあわてて荷物を押し入れに突っ込んだ。直後に「ただいまー」という母の声が聞こえてくる。

母はいつになく上機嫌で、子ども部屋に顔を出すと、「二人とも終業式だったからね。奮発してお鍋だよ」などと口にした。

ミッコの顔がつまらなそうに歪む。母の態度の意味がわからないまま、ぼくはトイレに駆け込み、龍之介に宛てて『ごめん。遅くなる』というメールを打った。トイレに入っている間に龍之介からの返信は来なかった。

陽が完全に落ちる前に、今度は父まで帰ってきた。いつもだったら夕飯は外で摂《と》り、たいてい遅くまで帰ってこないのに。「お前ら、今日は終業式だったんだろ？　成績はどうだった？」などと尋ねてくるのだ。何か悟られているのではないか。いつも以上によく話す二人を見ながら、ぼくは最悪の事態を考えた。

やけに明るい食卓だった。さすがにお肉は入っていないが、お鍋の中はいつもよりずっと華やかだ。お祈りを強制されもしなければ、下がった成績の反省も求められない。父はしきりに料理を褒めて、母も軽口を叩く。

しばらくして、二人が何かを感じ取っているわけではないことはわかってきた。いや、厳密には何かを悟っているのかもしれないけれど、ぼくたちが今夜しようとしていることには気づいていない。

ぼくはそのことに安堵したが、ミッコはべつのことを感じていたようだ。心の置きどころの難しい食事をようやく終えようとしたとき、なぜか半笑いで口を開いた。

「ねぇ、どうして二人とも今日はそんなによくしゃべるの？」

途端に冷たい空気がまとわりついた。父は怪訝そうに眉をひそめ、母は直前までの笑みを引きずったまま首をひねる。

「どうしてそんなこと聞くの？　何かおかしい？」

「おかしいに決まってるじゃん。いつも全然しゃべらないくせに。なんで今日に限ってそんなに仲良さそうにしてるわけ？」

「今日に限ってって、どういう意味？」

「いや、だからそれは——」と、ぼくがあわてて口を挟む。ミッコは呆れたような表情を崩さない。

「あのさ、なんか機嫌良さそうだから言うんだけど、やっぱり二人ともあの活動をやめてくれないかな。前にお兄ちゃんも言ったよね。それができないなら、せめて同じ神さまを信じてほしいって。私も本当にそう思う。二人とも勝手なことばっかりして、少しは振り回される私たちの身にもなってよ」

あまりにもトゲのある言葉に、ぼくはうんざりして天井を見上げた。父の表情はあっという間に強ばり、母は笑みを絶やさなかったけれど、それはいきなりのことに対応できていないだけのことだ。

父は仏頂面で立ち上がり、そのまま部屋を出ていこうとした。その背中に向けて、ミッコは「お父さんっていつも都合悪くなると逃げるよね」と畳みかける。

父はぴくりと肩を震わせて、振り向いた。顔を真っ赤に染めている。この一年、何度も見てきた表情だ。父はつかつかとミッコに歩み寄ると、手を振り上げた。そのとき、母の金切り声が轟いた。

「ちょっと待ってよ！　私だって……。私だって――！」

突然の大声に、ぼくは何が起きたかわからなかった。空気がかすかに震えている。母は瞳をぱっくりと開いているが、口もとには混乱した笑みが張りついたままだ。この顔も、もう何度見てきたことだろう。

父は眉根を寄せたまま、振り上げていた手を下ろした。ミッコもあいかわらず無表情のまま、じっと母を見つめている。

きっとみんなの視線に気づかぬまま、母は口をパクパクさせていた。

「私だっていまが正しいなんて思ってないわよ。思ってるわけないじゃない！　でも、どうすることもできなかったの。あなたたちに……、あなたたちをつらい目に遭わせたくないと思うなら、何かにすがるしかなかったのよ！」

ヒステリックで、大仰《おおぎょう》で、いつも通りの母だった。でも、直後に続けられた乾いた声だけは、どこか苦しそうな父の顔とともに、ぼくの胸に突き刺さった。

「私だって、お父さんにすがってたかったに決まってる。信仰なんてない人生の方が、ずっと、ずっと楽だった」

部屋に戻ったときには、ぼくはくたびれ切っていた。ミッコもぐったりして、「ねぇ、明日にしない？」などと言ってくる。

一瞬、その考えも脳裏を過ったけれど、ぼくは今日しかないと思い直した。明日にはもう龍之介が出ていってしまうからだ。

『ごめん。かなり遅くなる。親が寝てから。十時くらいになっちゃうかも』

先ほどとは違い、龍之介は数分でメールを返してくれた。

『その方が俺も助かる。暗いからヤルキ森はナシ。うちに来てもらうのもまずいから、第一公園にしようか』

別れの舞台としての、ヤルキ森。そんな龍之介の言葉にうしろ髪を引かれる思いはあったけれど、仕方がない。

朝のお祈りに備えて、母は二十一時には床に入る。問題は父の方と思っていたが、夕食時にお酒をよくのんだせいか、リビングの灯りは早々に消えた。それから三十分ほどとなりの部屋で息をひそめ、ぼくたちは無言でうなずき合った。

『出る』というメールを龍之介に送って、押し入れから荷物を取った。立てつけの悪い玄関の戸を慎重に開き、足音を立てずに家から抜け出した。

闇に浮かぶ桜の木が、今朝見たのと同じものとは思えなかった。ぼくはミッコの手を強く握って、静かに夜の団地を駆け抜けた。

十分ほどで到着した夜の第一公園には、すでに人影があった。それも一つじゃない。暗闇の中を、たしかに三つの影がうごめいている。

それに気づいたミッコが袖口をつかんできた。その正体を認識したとき、ぼくは安堵しすぎて声を上げそうになった。龍之介の他に、オガちゃんと相澤がぼくたちを待ってくれていた。

「いやぁ、征人。あのさぁ――」

頭をかきながら何か言おうとした龍之介を、オガちゃんがさっと手で制す。

「龍之介の話はあとだよ。先に僕が話す」

龍之介を強引にベンチに座らせて、オガちゃんは誇らしそうにあごをしゃくった。

「小説、全部読ませてもらった。いやぁ、戦ったね、征人くん。ミッコちゃんも。うん、二人ともホントによくがんばった」

オガちゃんから小説の感想を聞くのははじめてだ。毎回、龍之介から原稿が渡り、その都度アドバイスをしてくれていたのは知っていたが、直接何か言われたことはない。

突然、小説のことを言われて、ぼくは咄嗟に何か言い返せなかった。オガちゃんは「戦った、戦った」と何度も繰り返したあと、思い出したように目を細めた。

「ホントは僕も君たちと三浦に行きたいと思ってたんだ。みんなで一緒に、それこそ『ぼくらの七日間戦争』みたいに戦えないかって。でも、これまで読ませてもらった君たちの物語に僕が首を突っ込むのはなんか違う気がして、あの小説のエンディングに自分がいるというイメージがどうしても持てなくて、考えを改めた。僕は僕で君たちを助けられる方法はないかって考え直した」

オガちゃんの高い声が耳に心地好かった。ぼくたち兄妹の視線を一身に浴びながら、オガちゃんはさらに言葉をつむいでいく。

「もちろん、これは征人くんに判断してもらわなきゃいけないと思ってる。その上で、もうクリック一つで送れる手筈《てはず》は整ってるよ」

「送れるって、何を？　どこに？」

言っている意味がわからずに首をひねると、オガちゃんは「そんなの決まってるよ」と、いたずらっぽく微笑んだ。

「君の書いた『ぼくんちの宗教戦争』を。送り先はいっぱいある。一信会の総本山に、カナンの地平の中央教会、神奈川県の教育委員会に、文部科学省、あちこちの児童相談所と警視庁、神奈川県警、テレビとラジオと新聞社、あと笹原小学校も一応リストの中に入れといた。なんやかんやで四十ヶ所くらいあるだろうし、征人くんたちが望むならまだまだいくらだって増やせるよ」

無意識に目を向けた龍之介も、困ったように肩をすくめている。もう一度オガちゃんの顔を見つめ、その笑顔の中に本気の陰を見つけたとき、ぼくは背中に冷たい汗をかいた。

「あ、ありがとう。すごく心強いよ。でも、どうなんだろうね。そんなことしちゃったら大変なことに……」

必死に口にした言葉は、高笑いするオガちゃんの声にかき消される。

「もちろん、もちろん。だから、それは征人くんが決めることだって言ってるじゃん。だけど、これだけは覚えておいて。こういうのはやるとなったら徹底的にやらなくちゃいけないんだ。いつだって大騒動を巻き起こすことができるよ。征人くんが望むのなら、僕にその戦いの火付け役をさせてくれないか」

そう胸を張ったオガちゃんは本当に心強かったけれど、どう答えていいものかすぐには思い浮かばない。

ふと見たミッコもあきらかに引いていた。そんなぼくたちに助太刀するように、今度は相澤が近づいてきた。

「私にはできることがないからさ。一緒に三浦には行けないし、パソコンもできない。だからホントにつまらないものなんだけど、これ、夜食のお弁当。向こうに着いてからでもいいから、みんなで食べて」

相澤は紙袋を差し出してきた。二人分とは思えないほどずっしりと重い袋の中に、お弁当のタッパーが見えている。

「ありがとう。嬉しいよ」

今度は素直にぼくが言って、相澤が照れくさそうな笑みを浮かべると、みんなの視線が一つずつ龍之介に向けられた。

龍之介はお尻を叩きながらベンチから立ち上がる。

「やっと出番かよ。遅いんだよな、お前ら」

最近、思うことがある。ぼくが小説を書き始めてから、厳密にはそれを読ませるようになってから、龍之介の様子はどこか変だ。以前よりもキザになった気がしてならない。きっとカッコよく描かれようと思っているのだ。

龍之介はぼくの目を覗き込んでいた。前触れもなくぼくたちが出会った日のことが脳裏を過ぎる。まだ頭一つ分背の高かった龍之介が、引っ越してきたばかりで不安なぼくを見下ろし、ニヤニヤしながら「ちび太」と呼んできた日のことだ。

そこからは連想ゲームのように、たくさんの場面が、物が、景色が、言葉が、胸の奥深くをかすめていった。

夕暮れ時の富士山。

汗を吸い込んだ真夏のグローブ。

ワンバウンドしたかどうかで大ゲンカしたドッジボール。

朝のお迎え。

登校前のハイタッチと笑い声。

作っていた「洞窟《どうくつ》」が崩壊して生き埋めになったヤルキ森。

龍之介が告白された二つ上の女の子。

一緒に観たたくさんの映画。

二人で憧れた『スタンド・バイ・ミー』。

帷子川にアザラシを探しに行ったこと。

真夏の夜の匂い。

龍之介の家の匂い。

龍之介の匂い。

そうした記憶の一つ一つが、ぼくが見て見ぬフリをしてきた別れの現実を突きつける。引っ越してきてからはいつもそばにいて、誰よりも一緒に笑って、一緒に泣いた。苦しいことを相談できたのはいつだって龍之介だったし、それはクラスが別々になるくらいのことじゃ揺るがなかった。

父のことを打ち明けてからも関係性は変わらなかったし、母の話にも自分のことのように同情してくれた。

どんなことにもぼく以上に怒り、嘆き、悲しんで、そして笑い飛ばそうとしてくれた。そんなただ一人の親友と、明日からもう簡単に会うことができなくなるのだ。直視するまいと思っていた現実が、いきなり目の前に横たわった。

「もうイヤだよ、龍之介……。これからも一緒に遊んでたいよ」

イヤだ。泣きたくない、泣きたくない、泣きたくない……。念じるように思いながら、ぼくはきっと言ってはいけないことを言ってしまった。

「ふぐぅ」というおかしな音が鼻から漏れる。龍之介は気づかないフリをしてくれた。そっとぼくから視線を逸らして、飄々《ひょうひょう》と原稿のことを口にする。

「俺も読んだよ、小説。今日渡された最終章。ハッキリ言うけど、あれじゃダメだな。何も清算されてない」

挑発的な声が冷たい空気を切り裂いた。ぼくは気圧されるように息をのむ。

「清算って、何？　井上さんのこと？」

「そうじゃない。前にも言っただろ。宗教のことだ。お前にとって神さまって何なのか、俺たちが一番読みたいのはそこなんだよ」

「でも、そのことだったら……」と一度は口ごもりそうになったけれど、ぼくはのみ込まれまいと胸を張る。

「それだったら、ぼくはもう決着をつけたと思う。やっぱり今日の、井上さんとの会話の中に答えはあったと思うんだ」

「だったら、それを書いてくれよ。それを俺たちに読ませてくれ」

「わかってるよ。最後の章、書いたら郵便で送る。ぼくだってべつにあれで完成したとは思ってない」

憮然として口にしたが、龍之介はバカにしたように笑い続ける。

「郵便なんかじゃダメだね。味気ない」

「はぁ？　じゃあどうしたら……」

「その前にちょっと俺の話をしていいか？」

「え？」

「だから、自分のことを話したい」

あっけらかんと言って、龍之介はぼくの返事を待たずに続けた。

「実は俺、前から腹が立ってたんだよね。頭にきて仕方がなかった。さっきオガちゃんが言ったように、ああ、こいつ戦ってるんだなぁって『ぼくんちの宗教戦争』を読むたびに思わされて、俺は何やってんのかなぁってさ。あの小説ってそういう話じゃん？　運命みたいなものを受け入れないっていう、征人たちが抗《あらが》う話だろ。親友がこんなふうに戦ってるのに、俺は当たり前みたいな顔して現状を受け入れちゃってるんだよね。なんかずっとイライラさせられててさ、そこに来て今日の分の原稿だよ。いても立ってもいられなくなったよ。完全に胸で何かが爆発した」

　そこで小さく息を吸って、龍之介はこくりとうなずいた。

「今日、学校終わってから俺は二人の人間に会ってきた。先に会ったのはマリアだ。あ、そうそう、手紙受け取ってきたからな」

「手紙？」

「うん。ホントはマリアもここに来ようとしてたんだけど、やっぱり大人の私が出ていくのは美しくない、背中を押すのも、止めるのも画にならないって言い出して。だから、手紙を持ってってくれってさ。まぁ、それはべつにいいんだけど、マリアのあとに会いに行ったのは菊名《きくな》に住んでるじいちゃんだ」

「ちょっと待ってよ。なんの話？」

「だから、俺が抗おうとしてる話だって。いいから聞けよ。マリアからもオーケーはもらったんだけど、その前にまずはおじいさんに会いに行けって言われちゃってさ。それはそうかと思ったんだけど、ほら、俺ってじいちゃんとあんまり気が合わないじゃん？　っていうか、こわいんだよ、あの人。お父さんたちとも関係性は悪かったし、ちょっとビビってたんだけど、まぁそれも戦い方の一つかと思い直してさ。バスに乗って行ってきた」

　龍之介はさも「ご存じの」という感じで口にしたけれど、ぼくはそんなおじいさんの存在を知らない。一人の時間が多く、家族の存在をほとんど匂わさない龍之介にそんな人がいたなんてビックリだ。

　話の行き着く先がわからないまま、でも龍之介にはただならぬ気配を感じて、ぼくは口を挟まなかった。

　龍之介の瞳にふっと優しい光が差す。

「俺の好きなようにやっていいって」

「何が？」

「じいちゃん、そう言ってくれた。通えるならうちから学校に通えばいいし、俺が引っ越してやってもいい。アパートで二人暮らしも悪くない。お前も一年くらいなら辛抱できるだろって、大笑いしながら言ってたよ。だから、まず自分の口から孝史《たかし》に言えって。あ、孝史っていうのは俺のお父さんのことな。ケツは俺が拭ってやるから、まずは自分の口から親に伝えろって。俺すごく嬉しくてさ、だから堂々と自分の気持ちを伝えたんだ。だけど、その結果が人生初の大ゲンカだ。何をバカなこと言ってるんだって、お父さんだけじゃなく、お母さんも聞く耳を持とうとしなかった。だから、俺も家を飛び出してきた」

　龍之介は自分で言ってヘラヘラと笑ったが、ぼくはついていけなかった。呆然としたまま振り返ると、オガちゃんの顔にも見事に「？」が浮かんでいる。

一緒になって笑っているのは相澤だけだ。その相澤をちらりと見やって、龍之介は力強く言い切った。

「俺は転校なんてしたくないし、東京なんて行きたくない。みんなと一緒に卒業したい。征人と一緒にいたい。あの人たちにそう言った」

ぼくに何も言わせまいとするように、龍之介はベンチに顔を向ける。暗闇の中に、ぼくやミッコのものよりもはるかに大きいバックパックが浮かんで見える。

「ほら、物語のエンディングに主役の一人がいないのは問題だろ？　というわけで、どういう結末を迎えるのか、俺も見届けることにした」

「はぁ？」

「だから、俺も一緒に三浦に行くんだって。とりあえず、いっぱい持ってきたからな。カロリーメイトに、ロウソクに、ペンチ。パソコンもあるし、ＤＶＤも持ってきた。これだけで一ヶ月は戦える。だから頼むよ、征人、ミッコちゃんも。俺を仲間に入れてくれ」

龍之介がわざとらしく拝むポーズを作ってみせると、相澤はついにたまらなくなったように噴き出した。

その姿が目に入ったとき、ふと右手の紙袋の重さを感じた。なんということはない。相澤は知っていたのだ。これは三人分のお弁当だ。ようやくそれを悟ったとき、ぼくの胸から不安がキレイに消え去った。

　ミッコは両手を上げて飛び跳ねた。歓声を上げるミッコを戒めるように見つめて、今度はぼくが自分の思いを口にする。

「ふざけるなよ。勝手に決めるな――」

　龍之介を筆頭に、みんなの顔に緊張の色が浮かぶ。その一つ一つを見渡していって、ぼくは笑いをこらえて言ってやった。

「この小説の主役はぼくたちなんだ。ぼくとミッコのものなんだ。だけど、そうだね。準主役がついてきてくれるのはおもしろいかもね。いいよ、連れてってあげるよ。でも足だけは引っ張るなよな、龍之介」

　龍之介は顔をほころばせてぼくの肩を小突き、「それじゃあ、ぼちぼち行きますか！」と荷物を背負った。

「ホントにいつでも一斉に送信できるからね。遠慮せずに連絡してね。がんばって！」と差し出されたオガちゃんの手を握り返し、ミッコは相澤にされるがままにハグをしていた。

　そしてぼくたちは二人の友だちに盛大に見送られて、颯爽《さっそう》と公園をあとにした。

　龍之介がいれば夜の闇だってこわくない。ミッコと二人なら明るい国道を行こうと思っていたが、終電を逃したくなくて、ぼくたちは龍之介のスマホの灯りを頼りに、真っ暗なヤルキ森を抜けて、ショートカットで駅を目指した。

横浜に向かう相鉄線にはなんとか飛び乗ることができたけれど、そこから先、三浦海岸行きの電車はすでに終電が出たあとだった。仕方なく、ぼくたちは金沢文庫止まりの電車に乗って、そこから先は行けるところまで歩いていくことにした。

長い一日だったはずなのに、足取りは重くなかった。龍之介は二言目には「ミッコちゃん、平気？」と尋ねたが、ミッコもその都度、平然とした調子で「余裕」と答えていた。

そのミッコを真ん中に置いて、ぼくたちは手を取り合うように線路脇の道を行った。ミッコも少しずつ疲れた様子を見せ始めたが、途中、線路の柵が低くなっている箇所を見つけて、突然瞳を輝かせた。

「ねぇ、お兄ちゃんたち。ちょっとでいい。ちょっとだけでいいから、私、線路の上を歩いてみたい」

柵のことにはもちろんぼくたちも気づいていた。そして、ぼくたちも同じことを思っていた。いや、あの映画を観ている分、その思いはミッコなんかよりずっと強いはずだ。渡りに舟とはこのことだ。

ぼくと龍之介はミッコを挟んで目を見合わせた。ニヤリと笑って、「どうする？」「こんな時代だしなー」などと言い合いながら、大きくうなずいたのはほとんど同じタイミングだった。

有刺鉄線の途切れた場所を見つけ、最初に龍之介が柵を登り、次にミッコを行かせて、ぼくも二人を追いかけた。

そうして生まれてはじめて立ち入った線路の上を、ぼくたちは大はしゃぎして歩いた。もちろん不安もこわさもあったけれど、龍之介がそれを跳ね返すように大声で歌い出す。ぼくたちの大好きな映画のテーマソング。『スタンド・バイ・ミー』だ。

ぼくも龍之介のあとに続いた。「ヘンザーナイ、ヘスコー！」と、二人とも発音はメチャクチャで、ミッコは「何それ？　変なの」と笑っていたけれど、ぼくたちは本当はもうあの歌が何を歌っているのか知っている。

線路にかすかな振動を感じるまでの数分間、ぼくたちは大股で線路を歩いた。再び歩道に戻ってからも、前だけを向いていた。スマホで調べた「二十五キロくらい」という距離感を一向につかめないまま、でも胸を張って、一歩ずつ……。

いったいどれくらい歩いただろう。ようやく横浜市を抜けた頃、さすがのミッコも「お腹減った」と力尽き、ついにへたり込んでしまった。

ミッコをおぶって近くの小山に登り、そこにあったベンチに腰を下ろして、ぼくたちは相澤が作ってくれた弁当を頬張った。ぼくは少し体力を取り戻せた気がしたけれど、肝心のミッコはへばったままだ。

「ミッコちゃん、寒くないなら少し寝てなよ。さすがに三浦までは歩けないだろうから、ここで朝まで待って電車に乗ろう」

龍之介はバックパックからダウンコートを取り出して、ミッコの肩にかけてくれる。「ありがとう、リュウちゃん……」と振り絞るようにこぼした次の瞬間、ミッコは寝息を立て始めた。

よくこんなところで寝られるな……と思っていたはずなのに、龍之介と話しているうちにぼくもいつの間にか眠っていた。風は冷たかったけれど、とても静かで、やけに深い眠りだった。

次に意識がつながったときには、周囲が明るくなっていた。見慣れない景色が目に入り、ぼくは自分がどこにいて、いまがいつなのか、すぐには判断できなかった。

「ねぇ、起きて……。起きてってば、お兄ちゃん」という声の方を向くと、ミッコがぼくの肩を揺すっている。その顔が赤く照らされていることにも、ぼくはなかなか気づけなかった。

龍之介も半身を起こし、眠そうに目をこすっていた。放心したようなミッコが見つめる先を追いかける。そして、その光景が視界を捉えた瞬間、ぼくは無意識のまま立ち上がっていた。

　夜の間は気づかなかったが、そう遠く離れていない先に海を見渡すことができたのだ。そのさらに向こうには影となった陸地が、おそらくは房総半島が見えていて、その背後から真っ赤な太陽が、ぼくたちを焦らすようにゆっくり顔を出そうとしていた。

　浮かび上がる木々の、電柱の、家の、ビルの影が、太陽とコントラストをなしている。吸い寄せられるようにして振り返れば、今度は西向きに開けた街が、燃えるようなオレンジ色に照らされていた。

　並んだ二人も呆けたような顔をして、同じ景色に見惚れている。ぼくは思わずミッコの手をつかみ取った。

　数時間前に歩いていた線路の上を、早朝の電車が走っていく。龍之介が我に返ったように微笑み、また『スタンド・バイ・ミー』を口ずさんだ。

〈No, I won't be afraid
Oh, I won't be afraid
Just as long as you stand, stand by me〉

いつか二人で辞書を引いて、詞を訳したことがある。完成した日本語はあまりにも直訳的で、当時のぼくたちの気持ちそのままで、こそばゆい思いが芽生えたものだ。

あの日の昂りが一気に胸によみがえった。

できた歌詞はこんな感じだ。


〈いいや、ぼくは恐れない。そう、こわくなんかない。君がそばにいてくれるなら――〉


となりにミッコがいて、龍之介がいる。それだけのことで未来がハッキリと拓けて見えた。少しずつ赤くなっていく眼下の景色は、いつかエルクラーノが言った「クソッタレの世界」に違いないけれど、昨日まで目に映っていたものとは少し違う。

ぼくはため息を一つこぼした。ミッコとつないだ手に力を込める。

もし、この美しい景色もまたどこかの神さまが造ったものなのだとしたら、ぼくはその存在を少しだけ信じてみたくなった。

13

三浦に着いてからの二日間は、穏やかな、本当に穏やかな時間だった。

「あんまり目立ちたくないからさ。一応な」と言って、龍之介が別荘中のカーテンを閉めきったままにしておいたことが大きな理由だ。

大掃除と、食材の買い物は初日にすべて済ませておいた。そして倉庫からありったけの備品と庭の廃材を持ち込んで、玄関先と一階の窓辺に山のように積み上げた。「大人たちに簡単に入ってこさせないために」ということらしい。出入り口はすべて塞がれ、外に出るときはもうトイレの小窓しか通れない。

携帯の電源は落としてある。電話線も到着してすぐに抜いた。きっと家では大騒ぎになっているはずなのに、そんなことがウソのように、別荘の中はビートルズのレコードと、ミッコと龍之介の話し声しか聞こえてこない。

二人は初日に『ぼくらの七日間戦争』を観たようだ。興奮したミッコの大声が聞こえてきて、焚《た》きつけるような龍之介の笑い声があとに続いた。その後、二人はあらためて買い出しに行って、百円ショップやスーパーで何やら大量に購入してきた。「何?」と尋ねてみても、ミッコは「お兄ちゃんには内緒」と教えてくれない。龍之介に目を向けても、やっぱり「秘密」ととりつく島もなかった。

そんな二人を傍目に、どうしてぼくがDVDも観ず、買い物にも一緒に行かなかったかというと、龍之介がそれを求めたからに他ならない。

「家のことなんか俺たちが適当にやっておく。ミッコちゃんも楽しそうだし。だからお前は——」

そう胸を張って、龍之介はぼくに小説の続きを書くよう言ってきたのだ。

ぼくは素直に甘えることにした。家のことを何もしないのは気が引けたけれど、終業式や、家での出来事、井上さんとのことに、ここに来るまでの道中であったことなど、書きたいことはたくさんあった。

別荘には龍之介のお父さんの書斎があった。わざわざ持ち込んだというアンティーク調のデスクは、まるで本物の小説家のそれのように大きく、ほのかに木の匂いがして、ここでなら何枚でも書けそうな気がした。

物音のほとんど届かない書斎で、ぼくはカーテンだけでなく雨戸まで閉め切り、引き出しに入っていた高級そうな万年筆を手に取って、原稿用紙と向き合った。

狭い団地の一室で、ミッコの目を気にし、両親に見つからないようにこそこそ書くのとは雲泥《うんでい》の差があった。

書きたいことも、書くべきこともいっぱいあって、本当に何枚だって書けそうな予感はあったのだ。それなのに部屋に籠もってからの二日間、ぼくはただの一行も筆を進めることができなかった。環境が整ったからといって書けるわけではないということを、ぼくはここに来てはじめて知った。

まっさらな原稿用紙を見つめていれば、考えはいい具合に煮詰まっていく。まぶたの裏にたくさんの苦しかった場面がよみがえり、それを取っかかりに、古い記憶が連なっていく。でも、どういうわけか文章が出てこない。

万年筆をいつものシャーペンに戻したり、スタンドの位置を変えてみたりと、なんとか集中しようと努めるが、どうしても入り込むことができなかった。そして匙《さじ》を投げたくなるたびに、そのタイミングをどこかで見計らっていたかのように、ミッコが部屋の戸を叩くのだ。

「お兄ちゃん、ご飯」

三浦に来てからのミッコの表情はとても明るい。空元気《から》なのかもしれないけれど、この顔を見るだけでここに来て良かったと思う。

「うん。ありがとう。すぐに行く」

ダイニングに下りると、テーブルにたくさんの料理が並んでいた。まるで母親のように、朝、昼、晩と、龍之介は欠かさず料理を作ってくれる。

「ありがとう。おいしいよ」

龍之介からは「礼なんていらない」と言われていたが、まったく書けていないことがなんとなくうしろめたくて、ぼくは何度も口にした。

龍之介はすぐに何かを悟ったようだ。

「書けてないのか?」

「なんでそう思うの?」

「作家が冴えない顔してるなんて書けないときくらいなもんだろ?」

いたずっらぽく目を細めると、龍之介はミッコに向けて「お父さんが稼いできてくれなくて私つらい」と泣き顔を作ってみせた。

ミッコもケラケラと笑って、「明日からおかず一品少なくしていいよ」と、龍之介の背中をさするマネをする。

笑いの絶えない夕食を終え、ミッコがお風呂に向かい、さすがにそれくらいはとぼくが後片付けをしているとき、龍之介がダイニングテーブルでパソコンを開いた。

「誰かからメール来てる？」

難しそうな顔をしてモニターに向かう龍之介に、洗い物をしながらぼくは尋ねた。オガちゃんや相澤との連絡は、以前取得した捨てアドで取ることになっている。

「やっぱりみんなの家に電話が来てるみたいだな」

食後のコーヒーに口をつけながら龍之介は淡々と答えた。

「オガちゃん？」

「相澤からも同じようなメール来てる。どっちの親からも、拓巳先生からも電話あったって。警察に届けるかもしれないって」

「そうなんだ」

遅かれ早かれ、そうなるだろうとは思っていた。

「明日かもな」

ゆっくりとパソコンを閉じて、龍之介は独り言のように口にした。ぼくも「何が？」とは尋ねない。今日はいくらなんでも静かすぎだ。大人たちがいつまでも手をこまねいているわけがない。

「そうかもね」

「一応、ミッコちゃんとベランダにいろいろ設置しといた」

「何を？」

「花火とか、水風船とか、まぁいろいろ」

今日、二人がベランダで楽しそうに何かしていたのは知っている。

「そうか。ありがとう」

「完成できそう？」

「小説？」

「うん」

「さぁ、どうだろう。終わらせたいとは思ってるけど」

「オガちゃんの件はどうするの？　いろんなところに送りつけるってやつ」

「うーん。それもまだ決めてない」

しばらくしてミッコがお風呂から上がってきて、ぼくは洗い物をすべて終えて、書斎に戻ろうとした。

その間際、ふと第一公園でのことを思い出した。

「ああ、そうだ。龍之介、手紙」

「うん？」

「マリアから受け取ってきたって」

「やべ。すっかり忘れてた」と、龍之介はあわててバックパックを漁《あさ》り出す。

そうして渡された封筒は、いかにもマリアらしい白地の素っ気ないもので、そこには決して上手とはいえない文字で『マサトへ』とだけ記されていた。

「読んだ？」

「読むわけないじゃん。お前宛てなのに」

「そうか、わかった。じゃあ、ぼくは部屋に戻るよ。ごちそうさま」

「ああ、征人さ――」

何かを思い出したように顔を上げて、龍之介はなぜか優しく微笑んだ。

「これからも友だちでいてくれよな」

「は？　何それ？」

「なんかさ、最近そんなことばっかり考える。大人になっても、小学校の頃の友だちと一緒にいる人って少なそうじゃん。俺たちがいま絶対だと思ってるものって、意外と絶対じゃないんじゃないかなって。そんなことを思うと不安になる」

「なんだよ、それ」と口にしながらも、ぼくには龍之介の気持ちが痛いほど理解できた。あんなに絶対だと思っていた家族が、こんなにあっけなくこわれてしまったのだ。この世に絶対のものなどあるのだろうか。

そんな不安がぼくにも強くあるからこそ、どうしても否定したかった。

「絶対に大丈夫だよ、ぼくたちは」

「どうして？」

「もう子どもじゃないからだ。親の都合で、ぼくたちは大人にならなきゃいけなかった。ぼくたちはお互いが本当に特別な存在であることを知っている」

安心したように微笑んだ龍之介に強くうなずきかけ、再びデスクに向かってからは、すらすらとペンが走り始めた。三浦にやってきて、はじめて集中して原稿と向き合うことができた気がする。書いて、書いて、書いて……。場面を追うのも惜しむように書き続けて……。本当に没頭できたと思うときは時間が飛ぶように過ぎていく。

今日もそういう感覚に近かった。でも、ふと目の乾きを覚え、手を止めたとき、ぼくは何かを射抜いたという気持ちになれなかった。たしかに原稿用紙のマス目は埋まっている。でも、書くべきことが書けた気がしない。胸にモヤモヤとした気持ち悪さが残っていて、それは書いている間にもずっと感じていたことだった。

部屋の空気は冷たかったけれど、手のひらに汗が滲んでいた。自分を取り戻すように息を吸い込んで、はじめてデスクの上の便箋《びんせん》に気がついた。

ぼくはゆっくりと手を伸ばす。封筒をちぎって開けると、中には七枚も便箋が入っていた。

封筒にあるのと同じように『マサトへ』から始まっていて、マリア自身の、まだ小さかった頃の物語が綴られていた。

それは、いつかぼくが尋ねた「マリアがお父さんを許せなかった理由」でもあった。小学校に入学した頃からお父さんの暴力が始まったこと。小さい街の中でのお母さんの〝不貞〟が理由だったこと。周囲の嘲笑《ちょうしょう》にさらされ、気の弱いお父さんはお母さんに何も言うことができず、その不安が酒と幼いマリアに向かったこと。お父さんはいつも手を振り上げながらマリアに謝罪していたこと。父が家族に内緒で教会に通っていたこと。その教会に、マリアも父に内緒で通っていたこと……。

あの日は「マサトがもう少し大きくなったら」と言っていたことを、マリアは詳細に記してくれていた。幼い頃のマリアの息づかいが聞こえてくるようで、それなのに恨みがましいことは何一つ書かれてなくて、ただそこにはありのままの当時の出来事と、いまの気持ちが記されていた。

六枚目の終わりになって、久しぶりに「マサト」という言葉が出てきた。マリアもまたあの日のやり取りを覚えていたようだ。『これが私にあった大体のことです。マサトにはまだ早いなんて言っておきながら、ごめんね。いまのあなたになら伝わると思うから』という言葉で、六枚目は締めくくられている。

ぼくは唇を嚙みしめながら最後の一枚をめくった。文字が少し丁寧になっているのに気がついて、マリアの思いが伝わった。

『私はエルクラーノと出会うまでに十年かかった。あなたにはもう龍之介がいて、美貴子がいる。エルクラーノと出会えたいまの私にはよくわかる。あなたは何にも怯《おび》えなくていいし、焦らなくていい。マサトがいま許せないと思うものと対峙してもいいし、ゆっくりと対話してみてもいい。

そしてもしも叶《かな》うのなら、私は赦してあげてほしいと思う。きっと時間はかかるだろうけど、向き合ってあげてほしい。あなたと出会って、私も自分のことを考えた。父親に会いにいくまでに十年かかった。たぶん、いろんなことがこれから始まるんだと思う。私もあの人と向き合っていかなきゃと思ってる。

あなたの物語もきっとこれから始まるのだと思います。でも、あなたの周りにはもう何人もいる。焦って、何かを決めつけないでほしい』

最後まで読み終えて、ぼくは天井を見上げた。そして唱えるように「不寛容――」と、いつかのマリアの言葉を口にした。手紙にはそんな単語は出てこなかったのに、マリアから聞いた「人間はこれまで自分を認めすぎてきた」「他者を裁きすぎてきた」という言葉が、耳の奥によみがえった。

原稿を書いている間、ずっとモヤモヤしていた気持ちがあった。その正体を完全にマリアに見透かされた。

そうなのだ。わかっている。ぼくが理想と思うぼくたちの物語のエンディングは、別荘に立て籠もることじゃない。もう一度、父と、母と、ミッコと、四人で笑っていることだ。なんとかその気持ちに蓋をしようとしていた。三浦に来て以来、自分でも意外だったが、ずっと両親の顔を見たいと思っていた。

便箋を封筒に戻すと、龍之介に「好きに使っていいよ」と言われていたデスクトップのパソコンを立ち上げた。幸いにもパスワードを求められることなく、インターネットには簡単に接続できた。

最初に表示されたニュースサイトのトップ記事には『春一番』の見出しが躍っていた。それを一瞥して、すぐにフリーメールのページを立ち上げる。そして、オガちゃんのアドレスを選択した。

『オガちゃん、いろいろ迷惑かけてるみたいでごめんね。そしてあちこちにメールする件もありがとう。その上で、みんなに送るのはいまはやめて。あれをまだみんなに読んでほしいとは思わない。ぼくはまだあれを完成させられない。ぼくの戦いは終わってない』

感情の赴《おもむ》くままメールを打って、ぼくはデスクの隅に置いてあった原稿を引き寄せた。二枚目のページに戻り、タイトルを凝視して、お尻に「!」を付け足した。

『ぼくんちの宗教戦争!』

それがどれくらい先かはわからない。何ヶ月後か、何年後か、それとも何十年先かはわからないけれど、みんなに読んでもらうのはそのときだ。

いつかすべてに決着がついて、また家族四人で笑うことができたとき、それを笑顔で龍之介に報告できたときに、小説はきっと完成する。

そして、オガちゃんから返信のメールが来たときだった。『了解!』という簡潔な文面を目にしたとき、別荘のすぐそばで車が止まる音が聞こえた。

龍之介がすぐに階段を駆け上がってきた。「来たよな?」という言葉にうなずき、真っ青な顔をして寝室から出てきたミッコの肩に手を置いて、となりの和室に移る。

カーテンの脇からこっそりと外を見た。門灯はつけておらず、人も車もよく見えなかったけれど、暗闇にたしかに人影がうごめいている。

「ねぇ、龍之介。拡声器ってどこにある？」

「拡声器？」

「うん。夏に愛川くんが使ってただろ。『チェンジ・ザ・ワールド』を歌ったとき」

「押し入れにしまった気がするけど」

「持ってきて」

「いま？」

「うん」

龍之介は怪訝そうな顔をして一階へ下りていったが、再び戻ってきたときにはいたずらっぽく笑っていた。

「なんか知らないけど、とりあえず電池も替えてきた」

龍之介から拡声器を受け取って、ぼくはカーテンを開け放った。「お兄ちゃん？」と言うミッコの背中に腕を回し、二人そろってベランダに出る。

「龍之介は花火を打ち上げる準備をしてくれ」

数日前の寒さがウソのように、生ぬるい風が吹いていた。人影は門の前に積み上げられたベンチや庭石に四苦八苦しているようだ。柵から身を乗り出してみたけれど、闇に紛れて誰がいるのかわからないし、向こうもこちらに気づいていない。

　ぼくは龍之介に向けて手を上げた。そんな打ち合わせをしたわけではないのに、龍之介が察しよく花火に火をつける。

　しゅぽんという心地好い音に続いて、周囲が一瞬、明るくなった。次の瞬間には、上空の破裂音とともに父と母の顔が浮かび上がった。

　龍之介の両親も一緒にいた。四人はそろって怯んだような表情をしていたが、もちろんぼくが見たいのはそんな顔じゃない。

　龍之介は次々と花火を上げていく。ミッコの声が不意にかすれた。きっとぼくと同じ気持ちなのだろう。そしてぼくよりずっと不安なのだ。

「お母さん……、お父さん……」

　ついに涙をこぼしたミッコに、でもほだされるのはまだ早いと、ぼくは背中に回した腕に力を込めた。

　そして、拡声器の電源を入れる。甲高いハウリングの音が夜の空気を切り裂いた。一言いってやらずには済まなかった。

　ぼくは思い切り息を吸い込んだ。

「世界中の神さまたちに告ぐ！」

　さぁ、たくさん話をしよう。思う存分話し合おう——。

庭の大木が揺れている。龍之介の笑い声が聞こえてくる。生暖かい南風に乗っかって、桜の花びらと一緒にぼくの声も空へと舞う。

解説

橘ケンチ（EXILE／EXILE THE SECOND）

僕は横浜生まれの横須賀育ちなので、『ぼくんちの宗教戦争！』に登場する風景や情景が鮮やかに浮かんできました。〝スタンド・バイ・ミーごっこ〟はみんなしていましたし、『ぼくらの七日間戦争』も大好きで、小学生の頃に映画を見て、原作も読みました。同世代の子たちの冒険と反抗にワクワクして、焚《た》き付けられた感があり、真似《まね》して秘密基地を作ったことも。同郷で2歳違いの早見和真さんとは、見てきたものがほぼ一緒なのだと思います。

本書は異なる宗教を信じ、それぞれの正義を持つ父と母の間で葛藤する少年・征人が主人公です。人はそれぞれに多様な価値観を持ち、誰も間違っていなければ正解でもないというテーマに、とても共感しながら読みました。ただ、自分が大人になっていく過程で経験して理解したことを、小学5年生のキャラクターに経験させるところがとっつきやすくもあり、よくよく考えるとかなり残酷でもある。早見さんの登場人物へのエピソードの振り分け方や背負わせ方が、クレバーである一方で容赦がない。奇才……いや、鬼才という印象を抱きました。

テーマや出来事はヘヴィなのにカジュアルに読めたのは、子供たちが主人公だからだと思います。子供たちのお話は、現状を打開しなければいけないちょっとダメな子が主人公になる。本書で言えば、龍之介をはじめとするキャラクターにサポートされて、征人が大きなことを成し遂げる。読んでいて心地がいいのは、そのシステムが王道だからだなと、本書を通して実感しました。龍之介があまりにも出来杉君で驚きましたが、それこそ『ぼくらの七日間戦争』でメカに詳しいキャラがいたように、自分の理想や願望を投影しながら読んだので、スッと入ってきました。

僕はどんな本も、そのときの自分に当てはめながら読んで、答え合わせをする傾向があります。『ぼくんちの宗教戦争！』はフィクションとして楽しみながらも、自分の仕事や、応援してくれる人たちとの関係性、そして自分たち（EXILE／EXILE THE SECOND）の状況などを考えさせられもしました。

大前提として、僕は世の中にあるものすべてが宗教的な要素を持っていると思っています。

人はこの社会で生きていく上で、パートナーや家族など、何かしらの拠《よ》り所を探す本質を持っている。自分以外のものを信じて、パワーをもらうという意味では、アーティスト活動も宗教なのかな？　と思うときもあります。僕ら自身も、夢を信じることにものすごく依存して、それをエネルギーに替えている。それが世間一般から見て「良いことをしている」と認識されて、CDやライブにお金を払う価値があると思っていただければ、こちらも胸を張って発信できる。僕らの活動はいろいろな人の良心に訴えかけることがベースにあるので、それを無視してしまうと悪い方向に行ってしまう。社会のなかでお金を回していく上で、その動かし方や価値の付け方というのはとても難しいなと思います。

そこで大切になってくるのが〈信念〉です。20代の頃は、先輩方や会社が作ってくれた枠組みのなかで、用意されたレールを全力で走っていけば、何かいいことがあると思って頑張っていました。でも、30代になると、個人として枠組みから独立しなければいけなくなってくる。グループはグループとして存在しているので、個人とグループの棲《す》み分け方を模索することによって、他の個を尊重するようになりますし、周りの意見に耳を傾けるようになっていきます。誰もが自分の信念を持っていなければいけないし、それがその人にとっての神様といえる。信念と信念がぶつかって相容れないものになってしまうと、征人の両親が対立するように、グループはうまくいかない。そこで、お互いの信念を許容しあう関係になることで、1+1が3にも4にもなっていくという考え方を、本書を読んで改めて確認しました。

子供が主人公の物語には、敵対する大人と、味方になる大人が出てきますが、後者のキャラクターであるエルクラーノとマリアがとても魅力的でした。どういう経緯で出会って、なぜこういう状況を生きているのか、2人のアナザーストーリーを読みたくなりました。エルクラーノの「他者を認められない神さまなんかに価値はないって、オレとマリアは何度も話し合ってきた。この世界がここまで見事にクソッタレなのは、人間が自分以外の他者を認められないせいだってオレたちは信じてる」（P198）という達観した台詞《せりふ》と、続けてマリアが征人に言う「あなたの武器を持ちなさい」という台詞が、早見さんがこの本で一番伝えたいメッセージであり、彼らは征人にとってのメンター的な役割を担っていると思いました。

征人は、文章を書くことを武器に、世界に立ち向かっていきます。家庭のなかに押し込められて、何も発散できなかったけれど、ペンに魂を込めて、自分を表現できた。僕も、本を通して様々な価値観に触れる機会を作るプロジェクト「たちばな書店」の運営をしている関係で、ちょこちょこと文章を書くようになって、自分のなかにあるものを吐き出すことの大切さを感じています。僕はEXILEのメンバーですが、EXILEはみんなのものなので私物化できません。僕らがEXILEで表現するのはEXILEのストーリーです。でも、僕が文章を書くときは、僕のストーリーになるので、自分を肯定することに繋《つな》がっていく。

橘ケンチ個人への評価となると毎回「大丈夫かな……」とドキドキです。だから、本書で征人が初めて書いた文章を龍之介に見せるときに「どうだった？　ダメ？」と言う気持ちがとてもよくわかります。自分の武器についても改めて考えました。僕が専門性を高めて取り組んでいる本や日本酒に関する活動や、中国語といったものは、あくまでも現実的なスキルであって、一番必要な武器は、いろいろな人を許容できる度量、すなわち寛容性。マリアは征人に「不寛容」をキーワードとして投げかけていましたが、僕ももっともっと器を大きくしていかなきゃいけないなと思っています。

「もっと知りたい」と興味を持ったキャラクターがエルクラーノとマリアだとすれば、感情移入をしたのは征人の妹のミッコかもしれません。ミッコが一信会の集会で、児童部の低学年部長を押し付けられたときに、親や強い人には逆らえない弱さを感じ、とても切なく、悲しくなりました。もっと天真爛漫な妹キャラであれば、お兄ちゃんを引っ張っていったと思うのですが、ミッコは一歩後ろに引っ込んでいる人見知りで、限られた仲のいい人のなかだけで騒げるタイプ。そういう子が、大勢が集まる場で嫌と言えない姿を見るのは胸が張り裂けそうに苦しかった。そのシーンが一番グッときました。

ラストは「こうなるのかな」という予感に向けて、きれいにたどらせてくれた印象です。描かれていないその後は、『ぼくらの七日間戦争』のように、ちょっと切ない展開を想像しました。子供の夢はある程度までは膨らむけれど、規制のある実社会のなかでは無力。でも、そこでもがき、勇敢に行動する子供たちに、読者を含めていろいろな人が反応し、感化される事実は絶対にあると思います。この小説は、間口を広げるために、意図的に階層をつけて提示しているなと思いました。子供はもちろん、自分のように『ぼくらの七日間戦争』が大好きな人は征人や龍之介と同じ目線で感情移入ができるけれど、一番響くのは30代、40代の人かもしれません。自分を振り返ると、20代は他人の意見をあまり聞き入れず、自分主導で突き進む年代。30代で社会を知るようになり、自分の無力さに悩み、隣の芝生が青く見えてくる。40代になると自分の目指すべきことがしっかり見つかって、それを突き詰めていく。40歳になったばかりの僕としては、今の自分に揺れ動いている人が読むと、何かしら気づくものがある作品だと思います。

——パフォーマー・俳優

この作品は二〇一七年四月小社より刊行された『神さまたちのいた街で』を、加筆・修正のうえ改題したものです。

ぼくんちの宗教戦争《しゅうきょうせんそう》!

早見《はやみ》和真《かずまさ》

令和元年12月5日　初版発行

発行人――石原正康
編集人――高部真人
発行所――株式会社幻冬舎
〒151-0051東京都渋谷区千駄ヶ谷4-9-7
電話　03(5411)6222(営業)
　　　03(5411)6211(編集)
　　　振替00120-8-767643
印刷・製本―図書印刷株式会社
装丁者――高橋雅之

幻冬舎文庫

ISBN978-4-344-42924-6　C0193　は-23-2